Als reinen Glücksfall bezeichnete Grace Paley das Erscheinen ihres ersten Erzählungsbands »Die kleinen Widrigkeiten des Lebens« im Jahr 1959. Bis zum Beginn der amerikanischen Frauen-, Friedens- und Bürgerrechtsbewegung hatte die selbstbewusste New Yorker Hausfrau und Mutter ausschließlich Gedichte geschrieben. Aber dann habe sie ihr Gehör für die Geschichten ihrer Mitmenschen entdeckt, beschrieb Paley den Wechsel zu dem Genre, für das sie berühmt wurde. Diese Erfahrungen gibt sie mit ihrem ganz eigenen, von der Sprache der jüdisch-osteuropäischen Einwanderer gefärbten Ton wieder: im Sound ihrer Generation, in schlagfertigen Wortwechseln und Szenen urbanen Lebens.

»Grace Paley gehört zu einer seltenen Gattung von Schriftstellern mit einer Stimme, wie niemand sonst sie hat: komisch, traurig, bescheiden, energisch, genau«, schwärmte Susan Sontag. Die Neuübersetzung der Erzählungen erschließt Paleys lakonische Genauigkeit, ihren eigenwilligen Witz und ihren ironisch unbekümmerten Blick auf die absurden Wendungen des Alltags: »Einmal hat mir mein Mann zu Weihnachten einen Besen geschenkt. Das war nicht recht. Niemand kann mir erzählen, er hätte es nett gemeint.«

GRACE PALEY, 1922 als Tochter russisch-jüdischer Einwanderer in New York geboren, war neben ihrer schriftstellerischen Tätigkeit in der Friedens-, Frauen- und Bürgerrechtsbewegung aktiv. Sie veröffentlichte zahlreiche Shortstorys und Gedichtbände und erhielt mehrere bedeutende Auszeichnungen und Preise für ihr Lebenswerk. Grace Paley starb 2007 in Vermont.

Grace Paley

Die kleinen Widrigkeiten des Lebens

Storys

Aus dem Englischen
von Sigrid Ruschmeier

btb

Inhalt

Auf Wiedersehen und viel Glück

In bestimmten Kreisen war ich begehrt, sagt Tante Rose. Nicht etwa dünner, nur fester im Fleisch damals. Der Tag wird kommen, Lillie, und dann wundre dich nicht – Veränderungen sind gottgegeben. Verschont bleibt davon keiner. Nur jemand wie deine Mama, die steht auf einem Bein und merkt nicht, wie breit ihr Hintern wird, und singt seit dreißig Jahren dem Kanarienvogel ins Ohr. Wer hört zu? Papa steht im Laden. Du und Seymour, ihr denkt nur an euch selbst. Also wartet sie in einer blitzsauberen Küche auf ein freundliches Wort und denkt: Die arme Rosie …

Arme Rosie! Wenn in meiner kleinen Schwester mehr Leben steckte, wüsste sie, dass mein Herz geradezu eine hohe Schule der Gefühle ist und ihr ganzes Eheleben ein Kindergarten gegen das, was mein Korsett und ich wissen.

Heute gehe ich gern in Hotels, uptown oder downtown. Wer braucht schon eine Wohnung, in der er doch nur wie ein Hausmädchen mit dem Staubtuch in der Hand niest? Mit den Hilfskellnern kann ich bestens, es ist interessanter als zu Hause, alle möglichen Leute mit allen möglichen Beweggründen …

Und meiner ist, Lillie, dass ich vor langer Zeit zur

Vorarbeiterin gesagt habe: »Gute Frau, wenn ich nicht am Fenster sitzen kann, kann ich überhaupt nicht sitzen.« »Wenn du nicht sitzen kannst, Fräuleinchen«, sagt sie höflich, »stell dich an die Straßenecke.« Und so bin ich in der Kostüm- und Verkleidungsbranche arbeitslos geworden.

Die nächste Stelle habe ich durch eine Anzeige gefunden, in der stand: »Kultivierte junge Dame, mittleres Gehalt, kulturelle Einrichtung.« Ich bin mit der Straßenbahn zu der Adresse gefahren, der Russischen Künstlerbühne in der Second Avenue, wo sie nur die besten jiddischen Stücke spielten. Sie brauchten eine Kartenverkäuferin, so eine wie mich, die gern in der Öffentlichkeit steht, aber kurzen Prozess macht, wenn ihr jemand dumm kommt. Das Vorstellungsgespräch war bei dem Direktor, ein gewisser Typ Mann.

Er sagte sofort: »Rosie Lieber, Sie sind ja prachtvoll gebaut.«

»Es gibt solche und solche, Mr. Krimberg.«

»Verstehen Sie mich nicht falsch, Mädel«, sagte er. »Ich weiß es zu schätzen, ich weiß es zu schätzen. Das Blut einer jungen Dame, der es vorn und hinten mangelt, hat so viel damit zu tun, Zehen und Fingerspitzen zu wärmen, dass es keine Zeit hat, dort zu zirkulieren, wo es am meisten gebraucht wird.«

Jeder freut sich, wenn man freundlich zu ihm ist. Ich sagte zu ihm: »Solange Sie nicht zu forsch sind, Mr. Krimberg, werden wir uns schon einig.«

Und so war's dann auch: neun Dollar die Woche, jeden Abend ein Glas Tee, einmal in der Woche eine Freikarte für Mama, und Proben konnte ich mir ansehen, wann ich wollte.

Meine ersten neun Dollar waren schon beim Lebensmittelhändler und in Umlauf, da sagte Krimberg zu mir: »Rosie, hier ist ein feiner Herr, Mitglied dieses außergewöhnlichen Ensembles, und er will dich kennenlernen, garantiert, weil er beeindruckt ist von deinen großen braunen Augen.«

Und wer war es, Lillie? Hör genau zu: Wer stand da leibhaftig vor mir? Volodya Vlashkin, den die Leute damals den Valentino der Second Avenue nannten. Ein Blick, und ich fragte mich: Wo ist ein jüdischer Junge bloß so groß geworden? »Bei Kiew«, verriet er mir.

Und wie das? »Meine Mama hat mich gestillt, bis ich sechs war. Ich war der einzige Junge im Schtetl, der vor Gesundheit strotzte.«

»Meine Güte, Vlashkin, sechs Jahre! Sie muss Weizenschrot da gehabt haben statt Brüsten, die arme Frau.«

»Meine Mutter war wunderschön«, sagte er. »Sie hatte Augen wie Sterne.«

Wie er sich ausdrückte! Da kamen einem die Tränen.

Nach diesem ersten Kennenlernen sagte Vlashkin zu Krimberg: »Wer ist dafür verantwortlich, dass dieses wunderbare junge Menschenkind in einem Käfig versteckt wird?«

»In dem Käfig verkauft der Kartenverkäufer die Karten.«

»Na bitte, David, dann geh du dort rein und verkauf eine halbe Stunde Karten. Für die Zukunft dieses Mädchens und dieses Ensembles schwebt mir etwas vor. Geh, David, sei so nett. Und Sie, Miss Lieber, wenn ich bitten darf, ich schlage ein Glas Tee bei Feinberg's vor. Die Proben sind lang. Ein ruhiges Zwischenspiel mit einem freundlichen Menschen tut mir immer gut.«

Also gingen wir dorthin, zu Feinberg's, das damals gleich um die Ecke war und so voll mit Ungarn, dass man sein eigenes Wort nicht verstand. Im Hinterzimmer war ein Ehrentisch für Vlashkin reserviert. Auf das Tischtuch hatte die Dame des Hauses *Hier speist Vlashkin* gestickt. Zuerst schwiegen wir und tranken ein Glas Tee – schließlich hatten wir Durst –, dann wusste ich endlich, was ich sagen wollte.

»Mr. Vlashkin, ich hab Sie vor ein paar Wochen, als ich noch nicht mal hier gearbeitet hab, in der *Möwe* gesehen. Glauben Sie mir, wenn ich das Mädchen wäre, würde ich den jungen Grünschnabel keine Sekunde lang anschauen. Er könnte auch ganz aus dem Stück rausfallen. Wie Tschechow ihn in dasselbe Stück wie Sie stecken kann, ist mir schleierhaft.«

»Dann habe ich Ihnen gefallen?«, fragte er, nahm meine Hand und tätschelte sie liebevoll. »Ach ja, ja, die jungen Leute mögen mich immer noch … So, und Sie gehen auch gern ins Theater? Fein. Aber Sie, Rose, wissen Sie, Sie haben so eine hübsche Hand, sie fühlt sich so warm an, so schöne Haut, sagen Sie, warum tragen Sie ein Tuch um die Schultern? Sie verbergen ja nur Ihre schöne junge Kehle. Die alten Zeiten, in denen man sich schämen musste, sind vorbei, mein Kind.«

»Wer schämt sich?«, sagte ich und nahm das Tuch ab, doch meine Hand ging wie von selbst dorthin, wo es gewesen war. Denn in Wahrheit waren die alten Zeiten noch nicht vorbei und ich immer noch eine, die vor Scham verging.

»Trinken Sie noch einen Tee, mein Kind.«

»Nein, danke, ich bin schon ein Samowar.«

»Dorfmann!«, kommandierte er wie ein König. »Bring dem Kind ein Selters mit frischem Eis!«

In den nächsten Wochen hatte ich nicht nur die Ehre, ihn als Mensch immer besser kennenzulernen, sondern auch die Gelegenheit, ihn in seinem Beruf zu erleben. Es war Herbst; im Theater ein einziges Kommen und Gehen. Endlose Proben. Nach dem Misserfolg der *Möwe* lief der *Kaufmann von Istanbul* mit großem Erfolg.

Die Weiber spielten verrückt. Bei der Premiere fing mitten in der ersten Szene eine an – eine Witwe, oder ihr Mann machte zu viele Überstunden –, jedenfalls fing sie an zu klatschen und zu singen: »Oi, oi, Vlashkin!« Bald herrschte so ein Tohuwabohu, dass die Schauspieler aufhören mussten zu spielen. Vlashkin trat vor. Doch für das Auge nicht Vlashkin … sondern ein jüngerer

Mann mit pechschwarzem Haar, lebhaft, ständig in Bewegung, nicht auf den Mund gefallen. Ein halbes Jahrhundert später, am Schluss des Stücks, kam er wieder raus, als grauhaariger Philosoph, der das Leben nur durch Bücherlesen studiert hatte, die Hände seidenweich ... Ich weinte, als ich daran dachte, wer ich war – nichts –, und so ein Mann hatte Interesse an mir.

Dann bekam ich eine kleine Lohnerhöhung, weil er netterweise ein Wort für mich eingelegt hatte, und mir wurde für fünfzig Cents den Abend das Vergnügen zuteil, mit entfernten Verwandten und Verschwägerten sowie schlicht theaterbesessenen jungen Leuten in einer Massenszene mitzuwirken und einmal, wie sonst er, Abend für Abend die Hunderte von bleichen Gesichtern zu sehen, die darauf warteten, dass seine Gefühle sie zum Lachen brachten oder dazu, kummervoll die Köpfe zu senken.

Der traurige Tag kam, ich verabschiedete mich mit einem Kuss von meiner Mama. Vlashkin half mir ein günstiges Zimmer in der Nähe des Theaters zu finden, damit ich freier war. Auch damit mein unvergleichlicher Freund einen Ort hatte, an dem er sich fern vom Krach in den Garderoben mal hinlegen konnte. Meine Mama weinte und weinte. »Man lebt heute eben anders, Mama«, sagte ich. »Außerdem treibt mich die Liebe.«

»Dich? Dich? Ein Nichts, ein mieses Loch in einem Stück Käse! Du willst mir was vom Leben erzählen?«, kreischte sie.

Ich verließ sie, tief gekränkt. Aber ich bin gutmütig – das sind dicke Leute nun mal – und lieb, und ich dachte bei mir, arme Mama ... Es stimmt, sie hat mehr Ahnung vom Leben als ich. Sie hat jemanden geheiratet, den sie nicht mochte, einen kranken Mann, dessen Geist Gott verschluckt hatte. Er wusch sich nie. Er hatte einen unseligen Geruch. Ihm fielen die Zähne aus und die Haare; er wurde kleiner, verschrumpelte nach und nach, bis er – auf Wiedersehen und viel Glück – verschwand und Mama sich nur an ihn erinnerte, wenn sie zum Briefkasten unter der Treppe ging und die Stromrechnung holte. Seligen Angedenkens an ihn und aus Achtung vor der Menschheit beschloss ich, für die Liebe zu leben.

Lach nicht, du dummes Ding.

Meinst du, für mich war es leicht? Ein bisschen was musste ich Mama geben. Ruthie sparte zusammen mit deinem Papa für Wäsche, ein paar Messer und Gabeln. Wenn ich weiter unabhängig bleiben wollte, musste ich morgens arbeiten. Also machte ich Blumen im Akkord. Bis zum Mittagessen wuchs jeden Tag ein ganzer Garten auf meinem Tisch.

Das war meine Unabhängigkeit, Lillie, Liebes, sie blühte, aber sie hatte keine Wurzeln, und ihr Antlitz war aus Papier.

Inzwischen war auch Krimberg hinter mir her. Als er mitkriegte, dass Vlashkin es geschafft hatte, dachte er bestimmt: Aha, Sesam, öffne dich ... Andere aus der Truppe desgleichen. Folgende waren damals hinter mir her: Krimberg habe ich erwähnt. Carl Zimmer, der, mit Perücke, naive junge Burschen spielte. Charlie Peel, ein Christ, der aus Versehen in den Schlamassel geriet, er schuf wunderschöne Bühnenbilder. »Er ist die Farbe leibhaftig«, sagte Vlashkin und brachte es wie stets auf den Punkt.

Ich erwähne das nur mal, damit du siehst, dass deine fette alte Tante nicht vor Einsamkeit verrückt war. In den wilden Zeiten damals hatte ich Freunde unter interessanten Leuten, die mich bewunderten, wegen meiner Jugend und weil ich erstklassig zuhören konnte.

Die Schauspielerinnen – Raisele, Marya, Esther Leopold – dachten nur an morgen. Hinter ihnen waren die reichen Männer her, Produzenten, die Kleiderfabrikbesitzer; ihre Vergangenheit ist ein Nadelkissen, die Zukunft ein Nadelöhr.

Schließlich kam der Tag, da konnte ich nicht mehr taktvoll den Mund halten. »Vlashkin«, sagte ich, »von einer Brieftaube weiß ich, dass du Frau und Kinder hast, das ganze Brimborium.«

»Richtig, ich erzähl keine Geschichten. Mach niemandem was vor.«

»Darum geht es nicht. Was ist das für eine Dame? Es tut mir weh zu fragen, aber sag's mir, Vlashkin … Das Leben eines Mannes, das ist mir unbegreiflich.«

»Mein Mädelchen, ich hab dir hundertmal gesagt, dieses kleine Zimmer ist ein Zufluchtsort für meinen sorgenschweren Geist. Hierher komme ich zu deiner unschuldigen Klause, um in meinem ach so geplagten Leben frische Kraft zu schöpfen.«

»Also, Vlashkin, mal ganz im Ernst, wer ist die Dame?«

»Sie ist eine anständige Frau aus dem Bürgertum, Rosie, eine gute Mutter für meine Kinder, drei an der Zahl, alles Mädchen, eine gute Köchin, in ihrer Jugend hübsch, jetzt nicht mehr jung. Na bitte, könnte ich ehrlicher sein? Liebes, dir vertraue ich meine Seele an.«

Wenige Monate später, beim Neujahrsball des Russischen Künstlerclubs, sah ich Mrs. Vlashkin, eine Frau mit schwarzem Haar und Nackenknoten, ganz Dame mit zu viel Stolz. Sie saß an einem kleinen Tisch und sprach mit tiefer Stimme mit jedem, der einen Moment stehen blieb, um sich mit ihr zu unterhalten. Ihr Jiddisch war vollendet, jedes Wort geschliffen wie ein besonderes Juwel. Ich schaute sie an. Sie nahm von mir Notiz wie von allen anderen auch, kalt wie der Weihnachtsmorgen. Dann wurde sie müde. Vlashkin rief ein Taxi, und ich habe sie nie wieder gesehen. Die arme Frau, sie wusste nicht, dass ich mit ihr auf derselben Bühne stand. Dass ich für ihre Rolle Gift war, wusste sie nicht.

Am späten Abend, vor meiner Tür, sagte ich zu Vlashkin: »Schluss jetzt. So was mach ich nicht. Ich bin es leid. Ich zerstöre keine Familie.«

»Mädel«, sagte er, »sei nicht albern.«

»Nein, nein, auf Wiedersehen, viel Glück«, sagte ich. »Ich mein es ernst.«

Und dann nahm ich eine Woche Urlaub und ging zu Mama und machte alle Schränke sauber und schrubbte die Wände, bis die Farbe abging. Sie war sehr dankbar, doch weil sie es selbst im Leben so schwer hatte, meinte sie: »Jetzt sehen wir ja, was dabei rauskommt. Wenn du wie eine Herumtreiberin lebst, wirst du am Ende noch meschugge.«

Nach ein paar Tagen nahm ich mein Leben wieder auf. Wenn wir uns trafen, ich und Vlashkin, sagten wir Hallo und Auf Wiedersehen und nickten uns ein paar traurige Jahre lang zu, als wollten wir sagen: »Ja ja, ich weiß, wer du bist.«

Mittlerweile gab's an der Heimatfront eine ganz neue Taktik. Deine Mama und deine Großmama schleppten Jungs an. Dein Vater hatte einen Bruder, den hast du nie gesehen. Ruben. Ein ernsthafter Bursche, nichts ging ihm über seine Ideale. »Rosie, ich biete dir ein tolles neues Leben, glücklich und frei, ungewöhnlich.« Wie das? »Mit mir zusammen, wir erwecken die Wüsten von Palästina und errichten eine Nation. Für uns Juden ist es das Land von morgen.« »Haha, Ruben, dann geh ich auch morgen.« »Rosie!«, sagt Ruben. »Wir brauchen starke Frauen wie dich, Mütter und Bäuerinnen.« »Mir machst du nichts vor, Ruben, was ihr braucht, sind Zugpferde. Für die braucht ihr aber mehr Geld.« »Mir gefällt deine Haltung nicht, Rosie.« »Na, dann geh hin und mehre dich. Auf Wiedersehn.«

Noch so ein Bursche: Yonkel Gurstein, ein Kerl, mit dem man Pferde stehlen konnte, immer todschick, ein sehr reizbares Gemüt. Damals – mir kommt es vor wie gestern – trugen die blutjungen Mädchen Unterwäsche à la Battle Creek, Michigan. Für ihn war es eine Sache von Sekunden. Wo hat er das geübt, ein jüdischer Junge? Heute geht das, glaube ich, leichter, ja, Lillie? Meine Güte, ich frag dich doch gar nicht – sei nicht so empfindlich ...

Na, mittlerweile weißt du ja selbst Bescheid, was du auch tust, Herzele, das Leben bleibt nicht stehen. Es setzt sich nur einen Augenblick lang hin und träumt einen Traum.

Während ich all den albernen jungen Kerlen »Nein, nein, nein« sagte, ging Vlashkin ein paar Jahre auf Tournee nach Europa ... Moskau, Prag, London, sogar Berlin – schon damals ein finsterer Ort. Als er zurückkam, schrieb er ein Buch, das man sogar heute noch in der Bibliothek ausleihen kann, *Der jüdische Schauspieler im Ausland*. Wenn du dich eines Tages mal für meine einsamen Jahre interessierst, kannst du es lesen. Aus dem Buch kriegst du einen Hauch von dem Mann mit. Nein, nein, ich komme nicht vor. Wer bin ich schließlich?

Als das Buch herauskam, habe ich ihn auf der Straße angehalten und ihm gratuliert. Aber weil ich nicht lüge, habe ich ihm auch gesagt, wie selbstgefällig manche

Stellen sind – selbst die Kritiker haben was in der Richtung gesagt.

»Du hast gut reden«, hat er geantwortet. »Aber wer sind die Kritiker? Ich bitte dich, sind sie schöpferisch tätig? Ganz zu schweigen davon«, fährt er fort, »gibt es bei Shakespeare in einem der Stücke über die große Geschichte Englands eine Zeile, und die lautet: ›Selbstliebe, Herr, ist nicht so schnöde Sünde als Selbstversäumnis.‹ Dieser Gedanke kommt in modernen Zeiten auch bei den hochmoralischen Anhängern Freuds vor … Rosie, hörst du überhaupt zu? Du hast mich schließlich was gefragt. Übrigens, du siehst sehr gut aus. Wieso kein Ehering?«

Von dem Gespräch ging ich in Tränen aufgelöst weg. Aber nach dem Reden auf der Straße war zum Glück der Weg für weitere Gespräche geebnet. Über alles Mögliche … Die Theaterleitung zum Beispiel wollte ihm – in ihrer Engstirnigkeit – bestimmte jugendliche Rollen nicht mehr geben. Dummköpfe. Welcher noch so junge Mann wusste so viel über das Leben, um so jung zu sein wie er?

»Rosie, Rosie«, sagte er eines Tages zu mir, »auf der Uhr in deinem rosigen, rosigen Antlitz sehe ich, dass du dreißig sein musst.«

»Die Zeiger gehen nach, Vlashkin. Eine Woche vor letztem Donnerstag bin ich vierunddreißig geworden.«

»Wirklich, Rosie? Ich mache mir Sorgen um dich. Ich wollte schon immer mal mit dir reden. Du verlierst deine Zeit. Ist dir das klar? Eine Frau sollte ihre Zeit nicht verlieren.«

»Oi, Vlashkin, was ist die Zeit, solange du mein Freund bist?«

Darauf hatte er keine Antwort, er schaute mich nur überrascht an. Aber wir gingen höchst interessiert, wenn auch nicht in unserem früheren Tempo, zu meiner neuen Bleibe in der Vierundneunzigsten Straße. Dieselben Bilder an der Wand, alle von Vlashkin, nur jetzt alles rot und schwarz gestrichen, was schick war, und neue Polstermöbel.

Ein paar Jahre zuvor hatte ein anderes Mitglied dieser hervorragenden Kompanie, eine Schauspielerin, ein Buch geschrieben. Sie hatte sehr gut Englisch gelernt und uptown Karriere gemacht, Marya Kavkaz, und sie sagte bestimmte Dinge über Vlashkin. Wie zum Beispiel, dass er elf Jahre ihr Liebhaber war; sie schämte sich nicht, das aufzuschreiben. Ohne Achtung vor ihm, seiner Frau und seinen Kindern oder sogar anderen, die in der Angelegenheit vielleicht auch nicht ganz unbeteiligt waren.

Also, Lillie, sei nicht überrascht. So was nennt man Tatsachen des Lebens. Die Seele eines Schauspielers muss wie ein Diamant sein. Je mehr Facetten sie hat, desto glänzender sein Name. Herzele, du liebst und heiratest bestimmt einen Mann und kriegst ein paar Kinder, bist glücklich bis an dein Lebensende und stirbst müde. Mehr muss ein Mensch wie wir nicht erlebt haben. Aber ein großer Künstler wie Volodya Vlashkin ... Um auf der Bühne gut zu sein, muss er üben. Das verstehe ich jetzt, für ihn ist das Leben wie eine Probe.

Ich, wie habe ich geweint, als ich ihn in *Der Schwiegervater* sah – ein älterer Mann verliebt sich in ein goldiges junges Mädchen, die Frau seines Sohnes, gespielt von Raisele Maisel. Was er diesem Mädchen alles sagt, wie zärtlich er flüstert, wie alle seine Gefühle auf seinem Gesicht glühten ... Lillie, das hatte er alles mit mir erlebt. Sogar die Worte waren gleich. Du kannst dir vorstellen, wie stolz ich war.

Langsam nähert sich die Geschichte ihrem Ende.

Ich merkte es zum ersten Mal am Gesicht meiner Mutter, die verfluchte Handschrift der Zeit, rauf und runter auf ihre Wangen gekritzelt, rückwärts und vorwärts überall auf ihrer Stirn – selbst ein Kind konnte es lesen –, und da stand alt, alt, alt. Doch als ich genau das in Vlashkins wunderbare Miene eingekerbt sah, tat es mir in der Seele weh.

Zuerst zerbrach die Truppe. Mit dem Theater war Schluss. Esther Leopold starb am hohen Alter. Krimberg hatte einen Herzinfarkt. Marya ging an den Broadway. Und Raisele, die ihren Namen in Roslyn änderte, feierte in Filmkomödien große Erfolge. Vlashkin trat ab von der Bühne – wo hätte er hingehen sollen? In der Zeitung stand: »Ein Schauspieler sondergleichen wird seine Memoiren schreiben und seine letzten Jahre mit seiner munteren Enkelschar im Schoß seiner Familie verbringen, der Augapfel seiner ihn abgöttisch liebenden Frau.«

Presseschmonzes.

Wir veranstalteten ihm zu Ehren ein großes Essen. Bei dem Essen sagte ich, wie ich glaubte, zum letzten Mal: »Auf Wiedersehen, lieber Freund, Thema meines Lebens, jetzt scheiden wir voneinander.« Und bei mir dachte ich weiter: Ende, aus. Das ist dein einsames Bett. Und du bist eine Frau, die man alt und grau nennt. Das Bett hast du dir selbst gemacht. Und zum Schluss fällst du aus diesem einsamen in eines, das nicht so einsam ist, sondern voll von einer Million Knochen.

Und was kommt jetzt? Rat mal, Lillie.

Ich wasche letzte Woche meine Unterwäsche im Waschbecken, da klingelt das Telefon. »Entschuldigung, ist da die Rose Lieber, die früher bei der Russischen Künstlerbühne war?«

»Ja.«

»Ei, wer sagt's denn, Rose, wie geht's dir? Hier ist Vlashkin.«

»Vlashkin? Volodya Vlashkin?«

»Genau der. Wie geht es dir, Rose?«

»Ich lebe, Vlashkin, danke der Nachfrage.«

»Geht's dir wirklich gut, Rose? Und bist du bei guter Gesundheit? Hast du Arbeit?«

»Meine Gesundheit ist, in Anbetracht des Gewichts, das sie tragen muss, erstklassig. Ich bin schon seit ein paar Jahren wieder da, wo ich angefangen habe, in der Kostümbranche.«

»Sehr interessant.«

»Hör mal, Vlashkin, sag's mir ehrlich, was willst du?«

»Was ich will? Rosie, ich melde mich bei einer alten Freundin, einer alten warmherzigen Gefährtin aus freudenreicheren Tagen. Ganz nebenbei: Meine Lebensumstände haben sich geändert. Wie du ja weißt, bin ich im Ruhestand. Außerdem bin ich ein freier Mann.«

»Wie bitte? Was soll das heißen?«

»Mrs. Vlashkin lässt sich von mir scheiden.«

»Was ist in sie gefahren? Hast du vor Trübsinn angefangen zu trinken oder so was?«

»Sie lässt sich wegen Ehebruchs von mir scheiden.«

»Also, Vlashkin, entschuldige bitte, sei nicht böse, aber du hast vielleicht siebzehn, achtzehn Jährchen mehr auf dem Buckel als ich, und selbst ich ... All der Unfug – die Tagträume und die Nachtmahre –, die taugen doch nur noch zur Lust am Reden darüber.«

»Das habe ich ihr alles gesagt. ›Meine Liebe‹, habe ich zu ihr gesagt, ›meine Zeit ist vorbei, mein Blut ist so trocken wie meine Knochen.‹ Um die Wahrheit zu sagen, Rose, sie ist es nicht gewöhnt, den ganzen Tag einen Mann zu Hause zu haben, der das interessante Zeitgeschehen laut aus der Zeitung vorliest, aufs Frühstück wartet, aufs Mittagessen wartet. Da wird sie über den Tag hin immer galliger. Abends stellt mir dann eine stinkwütende alte Dame das Abendessen hin. In den letzten fünfzig Jahren hat sie Wissen gehortet, mit dem sie mir ordentlich Pfeffer in die Suppe streuen kann. Im Russischen Theater war bestimmt ein Judas, der jeden Tag ›Vlashkin, Vlashkin, Vlashkin …‹ gesagt hat, und während mir bei seinem Lächeln das Herz im Leibe sprang, war er an der Strippe und hat mich bei meiner Frau verpetzt.«

»Was für ein törichtes Ende einer so munteren Geschichte, Volodya. Was hast du jetzt vor?«

»Na, zuerst mal: Darf ich dich zum Essen und ins Theater einladen – uptown, natürlich? Danach … wir sind doch alte Freunde. Ich hab Geld zum Verprassen. Was dein Herz begehrt. Andere sind wie Gras, der Nordwind der Zeit hat ihnen das Herz herausgeschnitten. Von dir, Rosie, habe ich nur Güte erfahren. Du warst für mich, was eine Frau für einen Mann sein sollte. Meinst du nicht, Rosie, dass ein Paar alte Freunde wie wir uns mit den materiellen Dingen dieser Welt ein bisschen vergnügen könnten?«

Meine Antwort, Lillie, die hatte ich im Handumdrehen. »Jaja, komm her«, sagte ich. »Lass dir die Zimmernummer beim Pförtner geben. Reden wir.«

Und er kam an dem Abend und dann an jedem Abend in der Woche, und wir redeten über sein langes Leben. Selbst am Ende seiner Zeit ein faszinierender Mann. Und typisch: Wie alle Männer versuchte er, bis zum Ende der Zeit heil und ungeschoren davonzukommen.

»Hör mal, Rosie«, erklärte er neulich. »Ist dir klar,

dass ich fast ein halbes Jahrhundert mit meiner Frau verheiratet war? Was ist das Ergebnis? Nichts als Bitterkeit. Je mehr ich darüber nachdenke, desto mehr finde ich, wir wären dumm zu heiraten.«

»Volodya Vlashkin«, sagte ich ihm klipp und klar, »als ich jung war, habe ich so manche Nacht deinen kalten Rücken gewärmt und keine Fragen gestellt. Auch keine Ansprüche, das musst du zugeben. Nie. Ich hatte ein weiches Herz. Ich wollte nicht, dass man sagt: ›Rosie Lieber zerstört Familien.‹ Doch jetzt bist du ein freier Mann, Vlashkin. Wie kannst du von mir verlangen, mit dir in der Eisenbahn zu fahren, in fremden Hotels zu übernachten, unter Amerikanern, ohne deine Frau zu sein? Schäm dich!«

Deshalb erzähl du, Lillie, mein Schatz, deiner Mama mit deinem jungen Mund diese Geschichte. Mir hört sie nicht zu, keine Sekunde lang. Sie schreit immer nur: »Ich werd nich mehr, ich werd nich mehr.« Sag ihr, dass ich jetzt endlich einen Ehemann haben werde, denn wie jeder weiß, sollte eine Frau wenigstens einmal einen haben, bevor die Geschichte zu Ende ist.

Meine Güte, ich bin schon spät dran. Gib mir einen Kuss. Schließlich kenne ich dich, seit du aus einem Samenkörnchen gesprossen bist. Wünsch mir ein bisschen was an meinem Hochzeitstag. Ein langes, glückliches Leben. Viele Jahre voller Liebe. Umarm deine Mama und sag ihr von Tante Rosie Auf Wiedersehen und viel Glück.

Frauen, jung und alt

Meine Mutter wurde vor nicht allzu langer Zeit von meiner Großmutter geboren, die einer Menge anderer Mädchen und Jungs, die alle bei null anfingen, ihren Namen gab. Um Liebe ging es eigentlich nicht, sagte meine Großmutter, aber sie konnte die Dinge noch nie offen aussprechen. Sie erging sich gern in Fantasien, las den ganzen Tag Geschichten und seufzte die ganze Nacht, bis mein Großvater dieses besondere Mittel benutzen musste, um ihr überhaupt nahezukommen.

Das war das Grundproblem. Meine Mutter war traurig, weil sie dermaßen von Brüdern und Schwestern umgeben war, und besonders gutmütig war keiner. Das ist alles Teil der Gewalt in der Atmosphäre, besagt eine Theorie – Kriege, Betrug, zerrüttete Familienverhältnisse, all das Heillose im modernen Leben. Um mit ihrem Problem fertigzuwerden, schreit meine Mutter.

Sie schwört, sie würde nicht schreien, wenn sie einen eigenen Mann hätte, doch all die Tanten und Onkel, ob ledig oder verheiratet, sind ebenfalls laut. Mein Großvater ist nicht nur laut, sondern er verprügelt auch Leute, genauer gesagt Familienangehörige. Er hat meine

Mutter jeden Tag verprügelt, ihr Leben lang. Wenn mich auch nur einer anfasst, mache ich Hackfleisch aus ihm.

Großmutter hebt ihr ganzes Kleingeld für uns auf. Mein Onkel Johnson ist in der Klapse. Die anderen sind hier und jetzt, doch Tante Liz ist erst siebzehn, und meine Mutter redet mit ihr, als wäre sie schon richtig erwachsen. Erst neulich hat sie ihr erzählt, dass sie unbedingt einen Mann bräuchte, einen echten, und dass sie es leid wäre, zwei Mädchen in einer Welt großzuziehen, die vor Phallussymbolen nur so strotzte, verdammt noch mal. Lizzy sagte, ja, sie wüsste, wie das wäre, die Zeit läpperte dahin, und was man bräuchte, wäre eine starke liebevolle Hand am Rocksaum. Von solchen Worten hallt diese Bude wider.

Mein Vater – das hat man mir tausendmal erzählt – war ein wahnsinnig schöner südländischer Typ. Voller *Savoir-faire*, *Joie de vivre* und so weiter. Sie waren echt unsterblich verliebt, bis Joanna und ich alles zunichtemachten. Mutter will nicht, dass ich mich abgelehnt fühle, aber sie will sich auch selbst nicht abgelehnt fühlen, deshalb sagt sie, *ich* wäre zu laut gewesen und hätte buchstäblich jede Nacht geschrien. Und dann hätte Joanna dem Ganzen den Rest gegeben und Tag *und* Nacht an der Brust nuckeln wollen. »… eine Ehefrau«, sagte mein Vater immer auf Französisch, »ist eine teure Geliebte, bis die Kinder kommen, und dann …« Den Satz ließ er immer unbeendet in der Luft hängen, doch jedes Mal, wenn ich *les enfants* hörte, bewarf ich ihn mit Spielzeug, weil ich schon erriet, dass er uns schlechtmachen wollte. Auch als er stattdessen *les filles* sagte, durchschaute ich das läppische Ablenkungsmanöver sofort. Wir hämmerten mit Kram und Krach auf ihn ein, aber dass wir ihm mit unserer Zuneigung ernsthaft zur Last fielen, darauf konnte nur Mutter kommen, jedenfalls erschien er eines Tages nicht zum Abendessen.

Mutter wartete auf ihn und las *Le Monde*, aber er kam auch um Mitternacht nicht nach Hause, um mit ihr zu schlafen. Am nächsten Tag fehlte er beim Frühstück und Mittagessen. Ja, wo ist er überhaupt jetzt? In der Résistance umgekommen, sagt Mutter. Zwei Wochen später erfuhr sie durch eine Postkarte und wir alle natürlich jedes Mal wieder, wenn die Karte rumgeht: »Die letzten fünf Jahre habe ich Heimweh nach Frankreich gehabt. Jetzt habe ich für den Rest meines Lebens Heimweh nach Euch.«

»Du bist reingelegt worden, Mutter«, sagte ich eines Tages, als wir Essen machten.

»Reingelegt?«, schimpfte sie. »Du redest eine andere Sprache als ich. Du hast doch keine Ahnung, du warst ja noch nicht mal geboren. Du weißt genau, dass ich, ganz abgesehen von dem Pech jetzt, jederzeit wieder einen Franzosen nehmen würde ... Ach, Josephine«, fuhr sie fort, und ihre Lautstärke steuerte schnurstracks auf die Schallmauer zu, »ach, Josephine, für die Dummbeutel in diesem erbärmlichen Land bin ich doch nur ein Witz, zum Lachen. Aber dort drüben würden sie wissen, was sie an mir haben. Spüren, wie ich darauf brenne, sie kennenzulernen. Ich bin ja vielleicht miserabel in Grammatik und was weiß ich sonst noch, aber auf Französisch, das schwöre ich, könnte ich Shakespeare schreiben.«

Voller Verzweiflung drehte ich mich weg. Ich hätte heulen können.

»Lach nicht«, sagte sie, »eines Tages verschwinde ich mit der Air France und überrasche euch alle mit einem netten, lockigen Franzosen, genau wie euer Daddy einer war. Ach, wie du deinen Vater geliebt hättest. Ein Mädchen, das ständig mit so einem Mann um sich rum aufwächst. Du wärst mir dankbar.«

»Ich bin dir sowieso dankbar, liebe Mutter«, erwiderte ich, »aber behalt deinen Geschmack mal schön für dich. Wenn ich so alt wie Tante Lizzy bin, gefallen mir vielleicht amerikanische Soldaten. Zum Beispiel einer von der Marine. Ein paar mag ich jetzt schon, besonders den Hauptgefreiten Brownstar.«

»Das ist deine Vorstellung von einem Mann?«, krakeelte meine Mutter voller Verachtung.

Dann dachte sie noch mal über den Hauptgefreiten Brownstar nach. »Na, vielleicht hast du recht. Die Stiefel sehen ganz schön machtvoll aus … Sehr männlich.«

»Aha?«

»Ich weiß, ich weiß. Ich bin eine Künstlernatur und habe manchmal gleichzeitig zwei Meinungen. Mir ist auch klar, dass Lizzy mit ihm durch die Gegend zieht, und das wirkt sich aus. Schau Lizzy an, und du siehst das Mädchen, das dein Vater gesehen hat. Ganz wie ich. Wunderbare Haltung. Voller Energie. Sie kann jeden Mann haben, den sie will.«

»Sie hat schon welche gehabt, die sie wollte.«

In dem Augenblick kam meine Großmutter herein, das Finanzgenie, wie stets gerade rechtzeitig und stolz, weil sie 4,65 Dollar für uns gespart hatte. »Puh, ist mir warm«, stöhnte sie. »So, hier. Jetzt ein anständiges Abendessen, Marvine, und gib dir ein bisschen Mühe, wenn ich bitten darf. Josie, lauf und hol eine Avocado, und Marvine, bitte, geiz nicht mit der Butter. Und Josie, Liebes, es ist schrecklich heiß draußen, und deine Mama hat sicher nichts dagegen. Du bist ja fast schon eine junge Dame. Hättest du gern einen Schluck eiskaltes Bier?«

War das nicht aufmerksam? Um das Kompliment zurückzugeben, trank ich ein halbes Glas, obwohl ich das Bitzeln hasse. Wir grillten und dünsteten, schnippelten und hackten, und es wurde ein wunderbares Abendessen. Ich kochte, und Mutter machte die Soßen. Wir stachelten sie mit Erinnerungen an eine andere, eine Gourmet-Zeit an, bei denen einem das Wasser im Mund zusammenlief, und unendlich geschmeichelt, machte sie eine Soße zu viel, und wir aßen sie als Nachtisch auf Kräckern mit Eiskaffee. Während ich das Geschirr abräumte, saß Joanna, die sich immer bei allen lieb Kind machte, auf Großmutters Schoß und erzählte ihr ihre acht Stunden im Sommertagescamp in allen glaubwürdigen Einzelheiten.

»Frauen«, sagte Großmutter begeistert, »sind mir mein ganzes Leben lang eine Freude und ein Trost gewesen. Von Anfang an habe ich all die kleinen Mädchen mit ihren sauberen Gesichtern und lauschenden Öhrchen am liebsten gemocht ...«

»Männer sind anders als Frauen«, sagte Joanna, und das war das einzige, was sie zu dem ganzen Sermon beitrug.

»Das stimmt«, sagte Großmutter. »Es waren immer Männer, die mir Kummer bereitet haben. Männer und Jungs ... Wahrscheinlich verstehe ich sie nicht. Aber wenn man mal darüber nachdenkt, der Reihe nach: Johnson, Revere und Drummond ... wo haben sie schließlich angefangen? Bei mir. Aber sie alle – alle samt und sonders – sind weg, weit weg mit dem Leib und mit der Seele.«

»Ach, Großmutter«, sagte ich in der Hoffnung, sie zu trösten, »die waren doch sowieso immer nur miesepetrig. Ich vermisse sie kein bisschen.«

Großmutter schenkte mir einen kläglichen Blick. »So sind Söhne nun mal«, erklärte sie. »Erst miesepetrig, dann weg.«

Danach gab sie sich ihrem Kummer hin. Joanna rollte sich um das Fußkissen zu ihren Füßen, nahm es in die Arme und schlief. Mutter holte ihre *Le Monde* von letzter Woche aus der Klavierbank und beruhigte sich mit der Lektüre einer Geschichte über einen Bauern in der Provence, der seine Nichte vergewaltigt und seine Mutter ermordet hatte und danach bis ins angesehene hohe Alter achtunddreißig Jahre lang fröhlich dahingelebt hatte, bis der neugierige Präfekt ihm auf die Schliche kam. Sie übersetzte es uns in unsere ja bloß zweitklassige Muttersprache, während ich den Abwasch machte.

Der Abend brach an, und endlich wurde unser Gespräch von der Türklingel wieder angestoßen, die bringt ja immer Leben in die Bude. Lizzy kam tatsächlich in Begleitung des Hauptgefreiten Brownstar. Wir schickten Joanna Bier und Sprudel holen und fingen sofort an zu tanzen. Zuvorkommend, wie er war, tanzte der Hauptgefreite mit allen. Ich ging mal kurz in mein Zimmer, malte mir meinen großen Mund hübsch mit einer Menge Lippenstift an und hakte mir einen schön spitzigen Büstenhalter um die Rippen; er sollte ruhig mitkriegen, dass ich älter als Joanna war.

»Du bist ja zum Anbeißen«, sagte er zu mir. »Eines Tages wirst du ein wunderschönes Mädchen, Alice im Wunderland.«

»Ich bin schon ein Mädchen, Hauptgefreiter.«

»Oho«, sagte er und kniff mich in die linke Pobacke.

Lizzy reichte den Punsch herum, bot Kräcker an und tanzte mit Mutter und Joanna, wenn der Hauptgefreite mit mir tanzte. Sie freute sich ein Loch in den Bauch, dass wir ihn alle so mochten, und es entging ihrem glücklichen Hirn, dass er der einzige Mann war. Auf dem Höhepunkt des Abends verkündete er: »Nennt mich ruhig Browny.«

Dann sangen wir bis zwei Uhr nachts Luftwaffenlieder, und Großmutter sagte, die Lieder hätten sich seit ihrem Krieg nicht sehr geändert. »Aber die Soldaten sind jünger«, sagte sie. »Du, mein Sohn, siehst aus, als müsste sich deine Mutter immer noch Sorgen um dich machen.«

»Dazu besteht keinerlei Grund, ich habe jede Menge Eisen im Feuer. Genau genommen bin ich sehr gefragt. Von vorn bis hinten«, sagte er und zwinkerte Lizzy zu. »Mir geht's gut … Apropos«, fuhr er fort, »kann ich bei euch übernachten? Es macht mir auch nichts aus, auf dem Boden zu schlafen.«

»Auf dem Boden?«, protestierte meine Mutter. »Sind Sie verrückt? Ein Soldat der Republik. Mein Gott! Wir haben ein Klappbett. Sie wissen schon … ein Feldbett. Stellen Sie es auf und schlafen Sie den Schlaf des Gerechten, Hauptgefreiter.«

»O herrje«, Großmutter gähnte, »wo wir von Bett sprechen – Marvine, dein Vater ist bestimmt schon zu Hause. Ich mach mich mal besser auf die Socken.«

Browny gab den Gentleman und brachte Lizzy und Großmutter nach Hause. Als er wiederkam, waren Mutter und Joanna, die sich mit ihren einsamen Armen umschlungen hielten, schon eingeschlafen.

Hinter dem Vorhang versteckt, beobachtete ich heimlich, wie er sich ohne Rücksicht auf seine Haut abschrubbte. Blitzblank und splitterfasernackt kroch er unter die Bettdecke.

Barfuß, auf Zehenspitzen ging ich in die Küche und goss ihm ein kaltes Bier ein. Dann ging ich geradewegs zu ihm und setzte mich neben ihn. »Hier ist ein schönes Bier, Browny. Ich dachte, nach dem langen Spaziergang ist dir vielleicht warm.«

»Oh, danke schön, Alice aus dem Wunderland. Mir ist sogar verdammt heiß. Du bist echt ein Schatz.«

Er setzte sich auf und kippte das Bier in einem Zug hinunter. Ich betrachtete ihn bis zum Bauchnabel. Er stellte das leere Glas auf den Boden und grinste mich an. Als er mir aus Spaß ins Gesicht rülpste, musste ich ehrlich sagen, was los war. »Ach, Browny«, sagte ich, »was liebe ich dich.« Ich schlang die Arme um seine Taille und schmiegte mich mit dem Gesicht in das goldene Haar auf seiner Brust.

»He, meine Schöne, mach mal halblang. Ich mag dich auch. Du bist lieb.«

Dann küsste ich ihn mitten auf den Mund.

»Josephine, wer hat dir das denn beigebracht?«

»Ich mir selbst. Ich habe auf meinem Handgelenk geübt. Hier, so.«

»Josephine!«, sagte er noch einmal. »Josephine, du lügst. Du lügst nach Strich und Faden!«

Danach wurde er um einiges liebevoller, umarmte mich und küsste mich mitten auf den Mund.

»Oha«, ulkte ich, »wer hat *dir* das beigebracht? Lizzy?«

»Sei still«, sagte er, und je mehr er mich liebte, desto weniger ließ er zu, dass geredet wurde.

Ich legte mich neben ihn und war echt überrascht, wie ein Mann von seinen Gefühlen verändert wird. Er liebte mich von oben bis unten, und um ihm zu zeigen, dass ich verstand, was er im Sinn hatte, flüsterte ich: »Browny, was willst du? Browny, willst du es?«

Na, da sprang er aber aus dem Bett, schlang sich die Decke um die Schultern und stöhnte: »Herrgott ... oje, ich kann verhaftet werden. Die Militärpolizei könnte mich aufgreifen und für den Rest meines Lebens in den Knast stecken.« Er schaute mich an. »Himmelherrgott, knöpf dein Nachthemd zu. Gleich wacht deine Mutter auf.«

»Browny, was ist denn los?«

»Du bist ein Kind und verdammt noch mal naseweiser, als dir guttut. Verstehst du das nicht? Was wir hier machen, könnte mir mein ganzes Leben ruinieren.«

»Aber Browny ...«

»Was ich mir für einen Ärger einhandeln würde! Ich könnte festgenommen werden. Du bist blutjung! Es ist ein Witz. Ein kleines Kind wie dich kann man heiraten, aber dir die Hand um die Schulter zu legen ist kriminell. Sehr witzig, hahaha!«

»Ach, Browny, wie gern wäre ich mit dir verheiratet.«

Er setzte sich auf den Rand des Feldbetts und zog mich auf seinen Schoß. »Mannomann, du bist vielleicht drollig. Magst du mich wirklich so sehr?«

»Ich liebe dich. Ich wär eine erstklassige Ehefrau, Browny – ist dir klar, dass ich den ganzen Haushalt hier schmeiße? Wenn Mutter nicht bei der Arbeit ist, brütet sie die ganze Zeit über Daddy nach. Ich bin diejenige, die Joanna jeden Tag das Haar macht. *Ich* bügle ihr die Kleider. Ich könnte sogar ein Baby für dich kriegen, Browny, ich weiß genau, wie –«

»O nein, nein! Lass dich bloß nicht von irgendjemandem dazu bequatschen. Nicht, bevor du achtzehn bist. Du solltest proper wie ein Püppchen bleiben und mindestens, bis du achtzehn bist, deine Haut nicht dehnen.«

»Browny, bist du nicht einsam in der Kaserne? Ich meine, wenn Lizzy nicht da ist und ich nicht da bin ... Findest du nicht, ich habe eine hübsche Figur?«

»Doch, schon ...«, lachte er und schob seine Hand liebevoll unter mein Hemd. »Sehr hübsch, verdammt noch mal, wenn man bedenkt, dass sie noch nicht mal fertig ist.«

Ich konnte meine Begierde nicht zügeln, küsste ihn wieder direkt in seinen redenden Mund und platsch auf die Zähne. »Ach, Browny, ich würde gut für dich sorgen.«

»Schon gut, schon gut«, sagte er und schob mich freundlich zurück. »Aber jetzt hör zu, geh schlafen, bevor wir hier wirklich Unheil anrichten. Geh schlafen. Du bist ein süßes Ding. Schlaf drüber. Du hast noch keinen blassen Schimmer, wie groß die Welt ist. Das ist ja selbst für einen Mann wie mich eine Überraschung.«

»Aber ich bin fest entschlossen.«

»Geh schlafen, geh schlafen«, sagte er, hielt immer noch meine Hand und tätschelte sie. »Jetzt siehst du fast wie Lizzy aus.«

»Hm, aber ich bin anders. Ich weiß genau, was ich will.«

»Geh schlafen, Kleine«, sagte er ein letztes Mal. Ich nahm seine Hand, küsste alle seine braunen Fingerspitzen und rannte dann in mein Zimmer, wo ich mich ganz auszog und unverhüllt wie meine einsame Seele einschlief.

Am nächsten Tag war Sonnabend, und ich war froh. Das ganze Wochenende arbeitet Mutter als Kellnerin im Paris Coffee House, wo sie seit Daddys Verschwinden von den Kellnern Französisch gelernt hat. Sie hat Glück, denn ihr gefällt die Arbeit wirklich sehr: Sie liebt die Gäste, den Kaffee, die ganze Inneneinrichtung und wird nur todunglücklich, wenn sie nach Hause kommt.

Gegen zehn Uhr servierte ich ihr auf der vorderen Veranda das Frühstück, und Joanna brachte sie zum Bus. »Mach dem Gefreiten ein paar von den Tiefkühlwürstchen«, rief sie im mittleren Lautstärkebereich.

Ich hoffte, Browny würde aufwachen, damit wir noch ein bisschen rumknutschen konnten, doch stattdessen trat Lizzy über unsere abgetretene Schwelle. »Dann will ich Browny mal sein Frühstück machen«, sagte sie und fing gleich an.

»Aha?« Ich schaute ihr ganz unbefangen in die Augen.
»Ich finde, das sollte besser ich machen, Tante Lizzy,
weil er und ich wahrscheinlich heiraten. Meinst du nicht,
in dem Fall sollte ich es machen?«

»Wie bitte? Sag das mal langsam, Josephine.«

»Du hast es gehört, Tante Liz.«

Da fiel sie aber mit all ihren Röcken auf den Hosen-
boden. »Nicht mal ich fühle mich alt genug zum Heiraten, und *ich* bin seit Weihnachten siebzehn. Hat er dich
wirklich gefragt?«

»Wir haben darüber geredet«, sagte ich, und das
stimmte. »Ich bin in ihn verliebt, Lizzy.« Tränen ver-
schleierten mir den Blick.

»Ach, Herzelein … Seit der Zeit, als ich so alt war wie
du, war ich zwölfmal verliebt.«

»Ich aber nicht, ich hab mich für Browny entschieden. Ich besorg mir einen Job und schicke ihn zum
College, wenn sein Wehrdienst zu Ende ist … Er ist
sehr klug.«

»Ach, klug … alle sind klug.«

»Nein, stimmt nicht.«

Als sie weg war, küsste ich Browny auf beide Augen,
als sei er Dornröschen, er reckte sich und wachte mit
einem brüllenden Hunger auf.

»Frühstück, Frühstück, Frühstück«, rief er.

Ich gab ihm zu essen, und er sagte: »Mann, die Jungs
würden sich kaputtlachen, ich als Kinderschänder.«

»Nicht doch, Browny. So wirke ich doch auf die

Leute gar nicht. Jede Menge Männer, die erwachsener waren als du, haben sich halb umgebracht wegen mir.«

»Haha«, lachte er.

Ich sorgte dafür, dass er damit aufhörte, gab ihm für den Anfang erst mal ein paar Küsse, und wir verbrachten einen fröhlichen Morgen.

»Browny«, sagte ich beim Mittagessen, »ich erzähl Mutter, dass wir heiraten.«

»Hat sie nicht genug eigene Sorgen?«

»Nein, nein«, sagte ich. »Sie ist stets für die Liebe. Sie ist verrückt danach.«

»Gut, aber denk mal einen Augenblick nach, du Unschuldslamm. Schließlich kann es sein, dass ich in wer weiß was für ein Unruhegebiet verschifft werde und von einem irren Eingeborenen eins über die Rübe kriege. So was liest man jeden Tag. Aber egal, wär es nicht lustig, eine Weile lang hochgeheim verlobt zu sein? Wie wär's damit?«

»Nicht mit mir«, sagte ich und dachte an alles, was ich von Liz über den Opportunismus der Männer gehört hatte, wie sie sich manchmal einen Monat lang Tag und Nacht ins Zeug legen, um, durch Ehrlichkeit oder Hinterlist, zu einem Moment des Genusses zu kommen. »Heimliche Verlobung! Manche Mädchen lassen sich vielleicht auf so was ein, aber ich nicht.«

Dann merkte ich, dass er mich mochte, denn er kam um den Tisch herum, spielte eine Weile lang mit den Locken meiner Heimdauerwelle und flüsterte: »Die

Jungs würden echt lachen, aber ich, ich hätte einen Heidenspaß mit dir.«

Dann war ich mir nicht mehr so sicher, dass er mich mochte, denn er schaute auf seine Uhr und fragte sie: »Wo zum Teufel bleibt Lizzy?«

Ich musste einkaufen und, ganz das unwissende Wirrköpfchen, ein paar Kaufleute bei uns in der Gegend vertrösten; das ist sonnabends meine Hauptaufgabe. Ich rannte den gesamten Weg. Es dauerte auch nicht sehr lang, doch als ich die Treppe hinauf in den Flur trampelte, hörte ich den Rest einer lautstarken Unterhaltung. Browny sagte: »Es ist deine Schuld, Liz.«

»Das ist mir herzlich einerlei«, sagte sie. »Mit einem Kind rumzumachen macht dich offenbar scharf.«

»O nein, du kapierst es überhaupt nicht …«

»Das will ich eigentlich auch gar nicht.«

»Herrgott noch mal«, sagte Browny, »du hörst einem überhaupt nicht zu. Ich finde dich zum Kotzen.«

»Echt?« Als sie sich umdrehte, um zu gehen, knallte sie mir das Fliegengitter ins Gesicht und trat mir mit dem Absatz ihres lavendelfarbenen Pumps auf den Fuß.

»Sag deiner Mutter, dass wir heiraten«, brüllte Browny, als er mich sah. »Sie ist zum Kotzen, diese Liz, verdammt noch mal. Sag es deiner Mutter heute Abend.«

Den ganzen Nachmittag lang tat ich mein Bestes, dass Browny wieder zutraulicher wurde. Ich setzte mich auf seinen Schoß, und er trank Bier und kitzelte mich. Ich lachte und hatte das Spiel schnell raus, vor allem, dass es abwechslungsreich sein musste, und so rannte ich kreischend von ihm weg, bis er mich an einem bequemen Ort fangen konnte, dem Wohnzimmersofa oder in meinem Zimmer.

»Du bist in Ordnung«, sagte er. »Wirklich. Ich bin verrückt nach dir, Josephine. Mit dir macht es Riesenspaß.«

Als abends meine Mutter um Viertel nach neun nach Hause kam, machte ich ihr einen Eistee, hielt sie in der Küche fest und schloss die Tür ab. »Ich will dir was von dem Hauptgefreiten Brownstar und mir erzählen. Und sag nichts, Mutter. Wir heiraten.«

»Was?«, fragte sie. »Heiraten?«, kreischte sie. »Bist du übergeschnappt? Du darfst ja ohne Sondergenehmigung nicht mal arbeiten gehen. Du bist ein Kind. Willst du mich auf den Arm nehmen? Du bist mein kleiner Fisch. Du bist ja noch nicht mal vierzehn.«

»Deshalb bin ich ja auch der Meinung, dass wir bis nächsten Monat warten, wenn ich vierzehn werde. Dann, habe ich beschlossen, können wir heiraten.«

»Könnt ihr nicht, mein Gott! Niemand heiratet mit vierzehn, absolut niemand. Ich kenne keinen einzigen.«

»Ach, Mutter, das stimmt doch gar nicht, man liest es doch dauernd in der Zeitung. Das Schlimmste, was passieren kann, ist, dass es in die Zeitung kommt.«

»Aber ich habe gar nicht gemerkt, dass du so viel mit ihm zu schaffen hattest. Gehört er nicht Lizzy? Das ist nicht nett – ihn ihr wegzunehmen. Das ist ein verdammt mieser Trick. Du bist eine falsche Schlange. Frauen sollten zusammenhalten. Hast du denn noch nichts gelernt?«

»Sie will *nicht* heiraten, ich schon. Und für Browny ist es total wichtig zu heiraten. Er hält sich gern sauber, und wenn sein Urlaub zu Ende ist, will er nicht wieder zurück zu den Armeehuren und den Ehefrauen von anderen Männern. Das muss man doch anerkennen, Mutter – das spricht sehr für ihn.«

»Du bist viel zu jung«, sagte sie in einer Tour. »Du bist mein glitschiges Fischlein.«

Browny rüttelte zehn Minuten zu früh am Küchentürgriff.

»Dann komm halt rein«, sagte ich genervt.

»Wie geht's, wie steht's? Alles klar? Was meinen Sie, Marvine?«

»Ich meine, stecken Sie sich das sonst wo hin, Hauptgefreiter! Was stimmt denn nicht mit Lizzy? Sie und Lizzy waren doch ein wunderschönes Paar. Sie sahen aus wie ein Zwillingsgestirn am Sommerhimmel. Jetzt aber merke ich, dass mir Ihr Anblick gar nicht mehr so gut gefällt. Wer ist Ihre Mutter, wer Ihr Vater? Von denen hab ich eigentlich noch gar nichts gehört. Am Ende haben Sie vielleicht einen Onkel in Alcatraz. Und Ihre Zähne sind in einem furchtbaren Zustand. Ich dachte, um so was kümmert sich die Armee. So toll finde ich Sie nicht.«

»Kein Grund, persönlich zu werden, Marvine.«

»Aber sie ist noch ein Kind. Was, wenn sie schwanger wird und sich ihre sämtlichen Fortpflanzungsorgane verhunzt? Wir sind hier nicht in Indien. Haben Sie denn noch nie gelesen, was mit den Eingeweiden indischer Kinderbräute passiert?«

»Ach, er ist ganz vorsichtig, Mutter.«

»Was?«, sagte sie und malte sich jetzt das Schlimmste aus.

Die Unterredung dauerte ungefähr zwei Stunden. Wir tranken mehrere Krüge Himbeer-Kool-Aid, das für die Feier von Joannas zwölftem Geburtstag am nächsten Tag gedacht war. Aber wir waren alle total blank und konnten Großmutter nirgends finden.

Später, aber noch vor Mitternacht, tauchte Lizzy auf. Sie hatte einen Leutnant der Marine dabei und stellte ihn ringsum als Sid vor. Browny stellte sie ihn nicht vor, denn sie hatte ja immer und immer wieder gesagt, dass Offiziere und gemeine Soldaten gesellschaftlich nicht miteinander verkehren sollten. Kaum hatte der Leutnant Mutter die Hand zur Begrüßung gegeben, sah ich, wie er staunte. Und dann bildeten sich vom Schwitzen auffällige lange Striemen am Rücken und unter den Gabardineachseln seiner Sommeruniform. Mutter war in solch einer mürrischen, trägen Stimmung, die manchen Männern gehörig Feuer unterm Hintern macht. Sie war knatschig, weil sie an meine Entschlossenheit und Sturheit dachte und die aufregenden Dinge, die jetzt in meinem Leben Gestalt annahmen.

»Im Grunde gehöre ich nach Frankreich«, murmelte sie ihm zu. »Nach Paris, Marseille, in Städte, wo Männer Frauen mögen und nicht hinter kleinen Mädchen her sind.«

»Ich hege große Sympathien für das französische Temperament, und ich mag echte Frauen«, sagte er hoffnungsfroh.

»Sympathien reichen nicht.« Ihre Lautstärke stieg entsprechend ihrer natürlichen Gemütslage. »Mitgefühl, das brauche ich. Das Mitgefühl eines wahren Freundes, das ich nun schon seit Jahren entbehre.«

»Ja, ja, das empfinde ich alles, auch Mitgefühl.« Er tauchte tief in sein Herz, und von dort unten hörte man ihn kaum ... »Ich mag Frauen, die mit dem Leben in Berührung gekommen sind, die Kinder im Arm gehalten haben, die die Schmerzen der Geburt gespürt und den Tod geliebter Menschen erlebt haben ...«

»... und der Liebe«, fügte sie traurig hinzu. »Das ist ungewöhnlich bei einem jungen, gut aussehenden Mann.«

»Aber genau darauf lege ich ja Wert.«

Lizzy, Browny und ich borgten einen Dollar von ihm, als er so romantisch beduselt dasaß, und gingen raus, um ein Eis zu essen. Wir nahmen Joanna mit, weil es uns leidtat, dass wir ihre ganze Geburtstagsfeier weggetrunken hatten. Als wir mit einer Flasche Schwarze-

Himbeeren-Sprudel zurückkamen, war niemand zu sehen. »Langsam fühle ich mich wie eine Zuhälterin«, sagte Lizzy.

Und so kam es, dass Mutter schließlich ja sagte, sich moralisch überhaupt keinen Zwang mehr antat und uns Geld für einen Wassermann-Test gab. Sie rief Dr. Gilmar an und bat ihn, behutsam mit den Nadeln zu sein. »Es ist meine Kleine, Doktor. Die kleine Josie, die Sie selbst aus mir rausgezogen haben. Sie ist so ein Dickkopf. Ach, Doktor, erinnern Sie sich an mich und Charles? Sie ist ein ganz schönes Kaliber, genau wie ich.«

Wegen der Ergebnisse des im Übrigen gesetzlich vorgeschriebenen Tests und obwohl Browny es nicht glaubte, konnten wir nicht heiraten. Großmutter, die in zunehmendem Alter immer gelassener geworden war, sagte, dass junge Männer, die sich die Hörner abstoßen, sozusagen oft die Gekniffenen sind, und die moderne Wissenschaft würde uns bald vereinigen. Hahaha, wenn ich daran denke, muss ich lachen.

Mutter merkte es nicht mal. Es ging vollkommen an ihr vorbei. Als Browny, vollgepumpt mit Penicillin und vom Kummer durchweicht, wieder zur Truppe musste, schenkte sie ihm ein riesiges Glas Lofts Saure Drops und eine Dose Walnuss-Rum-Tabak.

Dann machte sie mit ihrem eigenen Leben weiter. Die Enttäuschung, die Browny und ich erlitten hatten, blieb ihr und dem Leutnant erspart, und sie heirateten. Wir waren alle sehr zufrieden, obwohl allgemein bekannt war, dass sie von Daddy nie geschieden worden ist. Der Name neben ihrem auf der Heiratsurkunde ist Sidney LaValle Jr., Leutnant der us Navy. Eine frühere, lockigere Generation von LaValles ist aus Quebec nach Michigan gekommen, und Sid kennt ein paar nützliche Redewendungen in Mutters Lieblingssprache.

Ich habe eine Karte von Browny bekommen. Mit einer Luftaufnahme von Joplin in Missouri. Darauf steht: »Hallo, Süße, halt die Ohren steif, alles Liebe, Browny. ps: Gesundheit macht sich.«

Obwohl ich auf einer Schnellstraße der Entmutigung lebe, freue ich mich, in einem fort den fröhlichen Lärm aus dem Nebenzimmer zu hören. Ich fand es schön, mit Brownys Körper zu kuscheln. Aber für ihn war ich, glaube ich, nicht mehr als eine Hoffnung auf Erfolg im Zivilleben. Joanna ist zu mir ins Zimmer gezogen. Obwohl sie bis Tagesanbruch mit den Zähnen knirscht, bin ich dankbar für ihre Gesellschaft. Seit ich verlobt war, schaut sie zu mir auf. Sie ist wirklich ein knuffiges Mädchen.

Der zartrosa Braten

Zartgrün begrüßte ihn, schmuddelige Knospen an den Nussbäumen. Mit seinem Lunch schlenderte Peter in den Park. Er trat die enttäuschten Eicheln beiseite und schenkte zwei jungen Mädchen ein großes Bewunderungsgrinsen.

Anna sah, wie er mit einem Riesenschritt über die Narzissen trat, ein rosiger Mann, ungefähr in der dritten Jugendblüte. Auch Judy erspähte ihn. »Da ist Daddy!«, schrie sie prompt und besitzergreifend.

Ja, er war's, offener Mund, wie benommen von dem, was sich seinen Blicken bot. Verwirrt durch eine geheime Charme-Absprache, eine Verschwörung von Lockenfrisuren und strahlenden Gesichtern. Anna hatte vor einem Jahr vor aller Augen begonnen, in die Jahre des Welkens hinabzugleiten, gerade als er auf den Gipfel der Männlichkeit anschwoll, Pfeifenrauch ausspuckte, Tweedjackett und Lederflicken, ein Liebhaber wie aus der Werbung, der Männer erschreckte und die Damen in Bann schlug.

Judy hüpfte über eine Banklehne und stürzte sich in seine Arme. »Ach, Peter, Lieber«, flüsterte sie, »ich wusste ja gar nicht, dass wir uns mit dir treffen.«

»Gott, du wirst richtig groß, meine Kleine. Wo sind deine Zähne?«, fragte er. Er drückte sie fest an sich, ein 25-Kilo-Bündel, ganz und gar seins. »Donnerwetter, Judy, was bin ich froh, dass du immer noch eine Schnuppernase wie eine Miezekatze hast und weiches, weißes Kätzchenfell.«

»Hab ich nicht«, giggelte sie.

»O doch«, sagte er. Er ließ sie auf ihre biegsamen Hinterbeine fallen, hielt aber eines der weichen Vorderpfötchen fest. »Du ziehst bloß besser deine Krallen ein, sonst werfe ich dich noch in den Hudson.«

»Och, Peter«, sagte Judy, »hör auf.«

Peter wechselte das Thema und wandte sich an Anna. »Richtig gut siehst du aus, weißt du das?«

»Danke«, erwiderte sie höflich, »du auch.«

»Schau mich an, im Moment bin ich ein richtiger Naturfuzzi.«

Sie ließ dreißig Sekunden Schweigen verstreichen, in das er einbrach und wie ein Sommervogel sang: »Wir tanzten um den Maienbaum, Maienbaum, Maienbaum…«

»Und wann bist du angekommen?«, fragte er.

»Vor ungefähr einer Woche.«

»Du hast gar nicht angerufen.«

»O doch, Peter. Ich habe dich mindestens siebenundzwanzig Mal angerufen. Du bist ja nie zu Hause. Petey muss irgendwo verliebt sein, habe ich mir gesagt.«

»What is this thing called love«, sang er, und zwar absolut richtig.

»Peter, ich möchte, dass du mir einen Gefallen tust«, fing sie noch einmal an. »Peter, könntest du Judy am Wochenende nehmen? Wir sind gerade in die neue Wohnung gezogen, und ich habe viel zu tun. Ich will sie einfach mal aus dem Weg haben. Peter?«

»Aha, deshalb hast du angerufen.«

»Herrje, nein«, sagte Anna. »Eigentlich habe ich dich angerufen, weil ich dich bitten wollte, mein Liebhaber zu werden. Das ist der eigentliche Grund.«

»Schon gut, schon gut. Sei nicht so hämisch, Anna.« Segnend streckte er einen Arm aus. »Komme in Frieden, gehe in Frieden. Natürlich nehme ich sie. Ich mag sie. Sie ist mein Kind.«

»Hämisch?«, fragte sie.

Peter seufzte. Er hielt die Hände mit der Handfläche nach oben, wie um zu fühlen, ob es regnen werde. Anna kannte das, Leitmotiv und Choreografie. Der sonnige Frühlingsnachmittag floss ihm durch die Finger. Er schaute gen Himmel zum Zeugen, er wollte davon bewahren, was möglich war. Dann ließ er die Arme sinken und gab auf.

»Gut«, sagte er. »Lass uns gehen. Ich würde gern deine Wohnung sehen. Ich habe ganz viele Ideen. Du solltest mein Wohnzimmer sehen, Anna. Wenn es nicht besser wird, mache ich vielleicht sogar in Inneneinrichtung. Los, komm. Ich hole die Leiter aus dem Keller. Ich könnte ein paar Kisten schleppen. Ich bin verrückt nach schwerer Arbeit. Man kriegt vom Leben das, was man hineinsteckt. Stimmt's? Schaffen wir uns das Kind vom Hals. Ich bin nicht dein Feind.«

»Wer ist das schon?«, fragte sie.

»Ach, lass doch, Anna. Ich bitte dich. Ich besorge jemanden, der auf Judy aufpasst. Sei du nur still.« Er suchte unter den Sonntagsspaziergängern nach einem bekannten Gesicht. »He, du«, rief er endlich einem alten Kumpel mit zwei Mädels am Arm zu. »He, du glasäugige Laus, komm mal her.«

»Bitte, keinen von deinen hirnlosen Freunden«, flüsterte Anna wütend.

Alle drei kamen zu Peter herübergetänzelt. Sie ließen ein paar fröhliche Hallos und eine Tüte mit getrockneten Aprikosen herumgehen. Peter sprach mit einem der Mädchen. Er strich ihr über die Knabenfrisur. »Na, na, na, Baby, du hast dich ja ganz schön verändert. Der Winter muss klasse gewesen sein.«

»O ja, war er, danke der Nachfrage«, gab sie zu.

»Tu mir einen Freundschaftsdienst, Süße, ja? Das dahinten ist Judy. Erinnerst du dich? Sie mochte dich wahnsinnig gern, als sie klein war. Wie wär's? Kannst du ein, zwei Stunden auf sie aufpassen?«

»Sicher, Peter, gern. Ich habe heute sogar Zeit. Judy! Was war sie niedlich. Ich mochte sie sehr.«

»Anna«, sagte Peter, »das ist Louie; in dem Jahr, als du gearbeitet hast, war sie eine echte Freundin. Sie hat mir mit Judy geholfen. Sie war großartig, sie hat mir das Leben gerettet.«

»Du bist Anna«, sagte Louie offen und freundlich. »Ich finde Judy ja so süß. Wir mochten uns total gern. Was hast du für ein kluges Kind. Sie ist wirklich klug.«

»Freut mich«, sagte Anna.

Judy war losgegangen und redete mit dem Eismann. Als sie zurückkam, leckte sie ein Zitroneneis am Stiel. »Ihr müsst ihm gleich zehn Cents geben«, sagte sie. »Er kannte mich nicht mehr und hat mir nicht getraut.«

Plötzlich sah sie Louie. »Uuh!«, kreischte sie. »Das ist ja Louie, Louie, Louie, Louie!« Sie kniffen sich gegenseitig in die Wangen, rieben die Nasen wie Eskimos aneinander und klimperten mit den Wimpern wie küssende Engel. Louie schaute sich stolz um. »Toll, sie hat mich nicht vergessen. Wie findet ihr das?«

Peter angelte in seinen Taschen nach Kleingeld. Louie sagte: »Sei nicht albern, das bezahle ich.« »Okay, Mädels«, sagte Peter. »Ab mit euch. Lasst die Puppen tanzen. Geht essen. Amüsiert euch. Lasst von euch hören.«

»Na, offensichtlich kennen sie sich ja«, sagte Anna, völlig niedergeschlagen, und winkte zum Abschied.

»Da siehst du's!«, sagte Peter. »Willst du's packen, pack es an.«

Er nahm sie am Arm. Mit dem Ellenbogen des anderen Arms bahnte er sich und ihr einen Weg durch eine größer werdende Gruppe von Männern und Jungen. »Zum Ersten, zum Zweiten, zum Dritten«, sagte er. »Bis bald, Leute.«

Fünf Minuten später schloss Anna mit einem brandneuen Schlüssel die Tür zu ihrer neuen Bleibe auf, ihre todschicke Mietwohnung in der Stadt.

In dem großen Vorraum, auf dem engen Parkettpfad zwischen den Kartonreihen, blieb Peter stocksteif stehen und pfiff ein Dutzend Takte aus Beethovens Fünfter. »Mamma mia«, stöhnte er freudig, »ich werd nich mehr!«

Ihm bot sich ein Blick auf Zimmer und Türen zu Zimmern, auf Flügeltüren mit Glaspaneelen, einfache Türen aus Harteichenholz, schmale Schranktüren, ein Heim voll mit Fluren verbundener Zimmer breitete sich aus. »Oh, Anna, das ist ja ein himmelweiter Unterschied ... Wer bezahlt das?«

»Du nicht, keine Bange.«

»Darum geht es nicht, Herrgottnochmal!« Er deutete mit den Armen auf einen Kronleuchter. »Aber es gefällt mir, Anna, wenn meine Freunde es zu was bringen. Du glaubst, ich meine es nicht ernst.«

»*Ich* meine es nicht ernst«, sagte sie.

»Also bitte, was läuft hier? Du siehst toll aus, du siehst aus wie eine Frau, die es ernsthaft schaffen will. Die es cool angeht und dann im warmen Nest landet ...«

»Hör auf zu träumen, Petey«, sagte sie gereizt. Aber er hatte sich bis aufs Unterhemd ausgezogen und angefangen, Schallplatten in Plattenschränke einzuordnen. Dann hielt er inne und sagte: »Wie wär's, wenn ich die Jalousien anbringe?« Da entspannte sie sich und gönnte ihm ein freundliches Wort. »Peter, du bist derjenige, der wirklich toll aussieht. Du siehst einfach – hm – gesund aus.«

»Ich gehe pfleglich mit mir um, Anna. Das ist der Grund. Gemüse, viele Proteine. Ich bin auch nicht mehr so eine Nachteule wie früher. Grapefruits, Sonne, ja, die Sonne, das ist jetzt meine große Liebe.«

»Du bist immer pfleglich mit dir umgegangen, Peter.«

»Aber jetzt ist es anders, Anna.« Er unterbrach sich und ließ sich auf einer Kiste mit Vorhängen nieder. »Ich meine, ich mach es nicht mehr so egozentrisch und selbstsüchtig wie früher. Jetzt hat es eine richtig philosophische Grundlage. Verwechsel mich nicht mit was Biologischem. Schau mich an, was siehst du?«

Anna hatte gelesen, dass Kannibalen, die einmal Mensch probiert haben, ihn danach als großes Schwein betrachten, als zartrosa Braten.

»Peter, Peter, du bist mir einer …«, sagte Anna.

»Nein, nein, hör doch mal zu. Was steht hier vor dir? Ein Gebilde aus Fleisch. Weißt du, wann es mir wie Schuppen von den Augen gefallen ist? Vor ungefähr zwei Jahren, ungefähr zu der Zeit, als wir uns getrennt haben, du und ich. Da war ich mal bei meinem Großvater zu Besuch und bin mit ihm zur Toilette gegangen – du erinnerst dich an ihn, Anna, der alte Knacker war so irre, dass er nicht sterben wollte … Ich lehnte an der Tür, er saß auf dem Topf und konzentrierte sich auf seine Gedärme. Nur um was zu sagen – ich dachte, es würde ihm helfen, sich zu entspannen –, fragte ich ihn: ›Pop, wenn du alles noch mal machen müsstest, was würdest du anders machen? Hast du ein paar echt heiße Tipps?‹

Wie aus der Pistole geschossen antwortete er: ›Also Peter, ich würde Sport treiben, an jedem Tag meines Lebens; zum Teufel mit dem Job, zum Teufel mit den Frauen. Ich würde meinen Körper aufbauen, bis selbst Gott nicht wüsste, wie er ihn kaputt kriegen soll. Schau mich an, Peter‹, sagte er. ›Die letzten fünfzehn Jahre bin ich ein ziemliches Arschloch gewesen. Warum? Ich sag dir, warum. Dieses Gebilde hier, dieses … dieses Ding‹, er kniff sich in Bauch und Knie – ›dieses Ich‹ – er schlug sich knallend auf die Wange –, ›das muss man in Schuss halten. Und warum, Peter? Es ist der Wohnsitz der Seele. Und der Lohn ist letztlich ein langes Leben, Kraft und Schönheit.‹«

»Sag bloß, Peter!«, erwiderte Anna. »Hast du Arbeit?«

»Manno«, sagte Peter, »dich treiben doch immer die gleichen klitzekleinlichen Dinge um. Natürlich arbeite ich. Was denkst du? Wovon lebe ich wohl? Hast du deine acht fünfzig Stütze die Woche gekriegt oder nicht?«

»Acht fünfzig stimmt.«

»Na, dann ist ja gut. Hör zu. Ich habe eine Vitamin-mischung, die mich zwölf achtzig pro hundert Stück kostet. Fünfzig Dollar im Jahr für Grundwartung und Reparatur.«

»Ist der Alte gestorben?«

»Herrje, ja! Natürlich ist er gestorben.«

»Tut mir leid. So blöd war er nicht. Er mochte Judy.«

»Blöd oder nicht blöd, Anna, er hat seine Zeit gehabt, er hat so lange gelebt, dass er der nächsten Generation noch was beibringen konnte. Übrigens, ich glaube, du hast kein Gramm zugenommen.«

»Danke.«

»Und Judy sieht großartig aus. Du machst deine Sache wirklich gut. Du warst immer eine gute Mutter. Ich wette, du kochst immer selbst für sie und alles.«

»Manchmal«, sagte sie.

»Lässt sie viel an die frische Luft«, sagte Peter. »Ich wette, das machst du. Sorgst dafür, dass sie ihren Körper liebt.«

»Ja, soll sie«, sagte Anna wehmütig.

»Ans Werk, ans Werk, der Streik war lang genug«, sang Peter. »Ist die Leiter wohl im Keller?«

»Nein, nein, da in dem Schrank in der Küche. Dem ganz hohen Schrank.«

Peter brachte die Jalousien an, dann die Gardinen. Er stellte Bücher in die vorhandenen Bücherregale. Er klebte die zweite Schublade von Judys Kommode. Obwohl sonst noch keine Möbel aufgestellt waren, gab es Regale für Judys Spielsachen. Er machte das alles in Nullkommanichts. Er pfiff beim Arbeiten.

Dann fegte er den Müll in eine Küchenecke und setzte Kaffee auf. »Kaffee?«, rief er. »Gleich«, sagte Anna. Er brachte die Schwingtür zur Küche richtig an und ging zu Anna, die eine Uhr im Wohnzimmer aufzog, dessen breite Fenster zur Welt er persönlich mit Gardinen behängt hatte. »Fleißig, fleißig«, sagte er.

Wie ein guter, zufriedener Mann, der seine Verdienste noch mehren will, küsste er sie. Sie rückte nicht von ihm ab. Sie verharrte in seinem rechten Arm und schmiegte das Gesicht, die Augen geschlossen, an seine Schulter. Er hob ihr Kinn, um sie anzuschauen und zu sehen, was ging. Sie konnte die Augen nicht öffnen. Zu seiner Ehre sei gesagt, dass er nach Abwehr suchte, doch er sah keine auf ihrem Gesicht.

Sie war matt und bleischwer, bei ihr ein sicheres Zeichen von Begehren, wenn er sich recht erinnerte. »Sollen wir tanzen?«, fragte er leise; so hatten sie früher immer gesagt. Mit großer Sorgfalt öffnete er, ein geduldiger Liebhaber, die sechzehn winzigen Knöpfe ihres hübschen Kleides und nahm sie ohne ein Wort direkt in Judys Zimmer auf Judys Bett. Nachdem er so die Besitzverhältnisse klargestellt hatte, belohnte er sie mit Küssen. Doch er zog sich schnell an, weil er sich durch seine Lebensgeschichten verpflichtet fühlte, sie an die Vergänglichkeit zu erinnern.

»Petey«, sagte Anna, die Bettdecke bis zum Kinn hochgezogen. »Geh in die Küche. Ich glaube, der Kaffee ist ganz verkocht.«

Er setzte eine neue Kanne auf. Dann kam er wieder und half ihr mit den unzähligen kleinen Stoffknöpfen. »Mensch, Anna, das Kleid ist ja irre. Dafür hast du bestimmt ein bisschen was springen lassen.«

»Na, ein bisschen viel.«

»Weißt du was? Wir könnten es uns hin und wieder verdammt schön machen, wenn du nicht so nachtragend wärst.«

»War es wirklich schön für dich, Petey?«

»Wunderschön«, sagte er und küsste sie flüchtig. »Ich mag es, wie du dein Haar jetzt trägst«, sagte er.

»Ich lasse es einmal in der Woche machen.«

»He, das lohnt sich, Mädchen. Es wirkt Wunder. Was ist hier eigentlich los? Das möchte ich mal wissen. Wo kommt der schicke Fernseher her? Und der fantastische Schreibtisch ... Alle Wetter, irgendjemand hier hat's drauf.«

»Ja, mein Mann«, sagte Anna.

Petey rührte sich nicht und zog nur die Stirn in Falten. Senkrechte Linien des Schmerzes erschienen. Er schluckte die düstere Tatsache, biss die Zähne zusammen, um sie bei sich zu behalten, und sagte: »Mein Gott, Anna! Dann war das ja ganz schrecklich!«

»Ich dachte, es war toll.«

»Ach, Anna, darum geht's doch gar nicht. Du hättest was sagen sollen. Wo ist er? Wo ist dieses dämliche Arschloch, wenn sich seine Frau flachlegen lässt?«

»In Rochester. Da habe ich ihn kennengelernt. Er ist

ein wunderbarer Mensch. Er verlegt sein Geschäft hierher. Das dauert. Peter, bitte. In ein paar Tagen ist er hier.«

»Toll, Anna. Mann, wirklich toll von dir. Du wackelst mit dem Arsch. Du hast uns beide, mich und ihn, zum Deppen gemacht. Du hättest nein sagen können. ›Nein – tut mir leid, Petey – nein.‹ So dringend brauchte ich es nicht. Warum hast du es gemacht? Aus Rache? Aus Gemeinheit? Warum?«

Er knöpfte seine Jacke zu und ging durch die Pappkartons und die neuen Stühle und suchte eine Zeitung oder ein Paket. Dabei hatte er gar nichts mitgebracht. Vor dem Flurspiegel blieb er stehen und strich sich übers Haar. »Das war's dann«, sagte er und ging langsam zur Tür.

»Wo gehst du hin, Peter?«, rief Anna durch die Diele, einen Ort für lärmende Kinder und vergessene Schirme. »Warte einen Moment, Peter. Ehrlich, ich schwör's dir, hör mir zu, ich habe es aus Liebe gemacht.«

Er blieb stehen und schaute sie an. Er schaute sie kalt an.

Anna weinte. »Ehrlich, Peter, ich habe es aus Liebe gemacht.«

»Liebe?«, fragte er. »Wirklich?« Er lächelte. Er war verlegen, aber froh. »Na gut!«, sagte er. Mit den Fingern beider Hände warf er ihr einen Kuss zu.

»Ach, Anna, dann gute Nacht«, sagte er. »Du bist schon in Ordnung. Ehrlich, ich wünsche dir alles Gute, das Beste von allem, das Allerbeste.«

Im Nu erschien sein fröhliches Gesicht an der Tür zur Frühlingsdämmerung. Unter den friedfertigen Fremden auf der Straße machte er einen Handstand. Dann schlug er locker und gleichmütig, absolut kontrolliert, ein Rad nach dem anderen in Richtung Osten, dorthin wo die Nacht entspringt.

Die lauteste Stimme

Es gibt einen bestimmten Ort, da dröhnen Müllschlucker, knallen Türen, klirrt Geschirr; jedes Fenster ist der Mund einer Mutter, der die Straße bittet, endlich mal leise zu sein, woanders Rollschuh zu fahren, nach Hause zu kommen. Meine Stimme ist am lautesten.

Da ist auch meine Mutter noch das blühende Leben wie ich, und der Lebensmittelhändler steht auf, wenn er sich mit ihr unterhält. »Mrs. Abramowitz«, sagt er, »die Leute sollten vor ihren Kindern keine Angst haben.«

»Ach, Mr. Bialik«, erwidert meine Mutter, »wenn man zu der hier oder ihrem Vater ›Psst!‹ sagt, sagen sie: ›Im Grab ist es noch still genug.‹«

»Von Coney Island zum Friedhof«, sagt mein Papa, »ist dieselbe U-Bahn, kostet gleich.«

Ich stehe direkt neben dem Fass mit den eingelegten Gurken. Mit dem kleinen Finger mache ich winzige Strudel in der Lake. Ich halte einen Moment lang inne und verkünde: »Campbell's Tomatensuppe. Campbell's Rinderbrühe mit Gemüse. Campbell's Schot-ti-sche Graupensuppe ...«

»Sei still«, sagt der Händler, »die Etiketten gehen ab.«

»Bitte, Shirley, sei einen Moment still«, sagt meine Mutter.

Die ganze Straße stöhnt: Sei still! Sei still!, doch das fröhliche Gedudel in meinem Inneren bringt sie nicht zum Verstummen. Keinen Deut.

Es gibt bei uns auch, aber gleich um die Ecke, ein rotes Backsteingebäude, das schon seit vielen Jahren alt ist. Jeden Morgen stehen die Kinder in Zweierreihen davor, die gerade sein müssen. Das stört sie nicht. Sie warten ohnehin.

Normalerweise bin ich dabei. Ja, ich komme als Erste, weil ich mit »A« anfange.

An einem kalten Morgen tippte mir der Aufsichtsschüler auf die Schulter. »Du sollst in Raum 409 kommen, Shirley Abramowitz«, sagte er. Ich tat, wie mir geheißen. Rasch lief ich eine Treppe für nach unten hoch in Raum 409, in dem eine sechste Klasse war. Dort musste ich, ohne zu zappeln, am Pult warten, bis Mr. Hilton, der Lehrer, Zeit hatte zu reden.

»Shirley?«, sagte er nach fünf Minuten.

»Ja bitte?«, flüsterte ich.

»Oje, Shirley Abramowitz!«, sagte er. »Man hat mir gesagt, du hast eine besonders laute, klare Stimme und liest mit schöner Betonung. Ob das wohl stimmt?«

»O ja«, flüsterte ich.

»Na, dann reiß dich mal zusammen; eines Tages könnte ich sehr gut dein Lehrer sein. Sprich laut und deutlich.«

»Ja«, rief ich.

»Na, wer sagt's denn?«, sagte er. »Also, Shirley, kannst du dir ein Band ins Haar oder ein Klämmerchen reinmachen? Es ist zu strubbelig.«

»Ja!«, brüllte ich.

»Schon gut, beruhige dich.« Er wandte sich an die Klasse. »Kinder, keinen Mucks. Schlagt Seite 39 auf. Lest bis Seite 52. Wenn ihr fertig seid, fangt wieder von vorn an.« Noch einmal musterte er mich von oben bis unten. »Also, Shirley, du weißt ja wahrscheinlich, dass bald Weihnachten ist. Wir bereiten ein wunderschönes Weihnachtsspiel vor. Die meisten Rollen sind schon verteilt. Aber ich brauche noch ein Kind mit einer kräftigen Stimme und viel Stehvermögen. Weißt du, was Stehvermögen ist? Ach, ja? Kluges Kind. Gestern habe ich gehört, wie du in der Schulversammlung ›Der Herr ist mein Hirte‹ gelesen hast. Ich war sehr beeindruckt. Das hast du wunderbar gemacht. Deine Lehrerin Mrs. Jordan lobt dich in den höchsten Tönen. Jetzt hör mir zu, Shirley Abramowitz, wenn du die Rolle haben und in dem Stück dabei sein willst, dann sprich mir nach ›Ich gelobe, so hart zu arbeiten wie nie zuvor.‹«

Ich schaute zum Himmel und sagte sofort: »Das gelobe ich.« Dann küsste ich meinen kleinen Finger und schaute zu Gott.

»Das Leben eines Schauspielers, mein Kind«, erklärte er, »ist wie das eines Soldaten: gegenüber seinem General, dem Regisseur, nie säumig oder ungehorsam. Auf dich«, sagte er, »auf dich kommt es an. Voll und ganz. In allem.«

Nachmittags zupften und schrubbten Kinder die Truthähne und Maisbündel von den Klassenzimmerfenstern. Auf Wiedersehen, Thanksgiving. Am nächsten Morgen brachte uns ein Aufsichtsschüler rotes und grünes Papier aus dem Sekretariat. Wir schnitten neue Figuren aus, hängten sie an die Wände und klebten sie an die Türen.

Die Lehrer wurden immer fröhlicher. Ihre Köpfe bimmelten wie die Glocken der Kindheit. Meine beste Freundin Evie, nicht die Bravste, bekam keinen einzigen Tadel wegen Flüsterns. Wir lernten »Holy Night« – fehlerlos. »Wunderbar!«, sagte die Referendarin Miss Glacé. »Wenn man bedenkt, dass manche von euch nicht mal Englisch können!« Wir lernten »Deck the Halls« und »Hark! The Herald Angels Sing«... Da kannten unsere Lehrer nichts, und wir auch nicht.

Als aber meine Mutter davon hörte, sagte sie zu meinem Vater: »Misha, du hast ja keine Ahnung, was da abläuft. Die Cramer ist Vorsitzende des Eintrittskartenausschusses.«

»Wer?«, fragte mein Vater. »Die Cramer? Ah ja, die Frau ist sehr aktiv.«

»Aktiv? Aktiv muss einen Grund haben. Hör zu«, sagte meine Mutter traurig, »mich wundert, dass meine Nachbarn so ein Brimborium zu Weihnachten veranstalten.«

Dazu fiel meinem Vater erst nichts ein. Dann meinte er: »Du bist in Amerika! Clara, du wolltest doch hierherkommen. In Palästina würden dich die Araber bei lebendigem Leibe fressen. In Europa, da gab's Pogrome. In Argentinien wimmelt es von Indianern. Hier hast du Weihnachten … Treppenwitz der Geschichte, was?«

»Sehr witzig, Misha. Was ist aus dir geworden? Wir sind vor langer Zeit in ein neues Land gekommen, weil wir vor Tyrannen weggelaufen sind, und jetzt geraten wir in ein heimliches Pogrom, wo unsere Kinder einen Haufen Lügen lernen – was ist daran witzig? Ach, Misha, dein Idealismus, wo ist er hin?«

»Und dein Humor?«

»Den hatte ich nie, doch du hattest viel Idealismus.«

»Ich bin immer noch derselbe Misha Abramovitch, ich habe mich kein bisschen verändert. Da kannst du jeden fragen.«

»Frag nur mich«, sagte meine Mama, sie ruhe in Frieden. »Ich habe die Antwort.«

Mittlerweile mussten sich auch die Nachbarn überlegen, was sie dazu meinten.

Martys Vater sagte: »Mein Junge, der hat eine sehr wichtige Rolle.«

»Meiner auch«, sagte Mr. Sauerfeld.

»Mein Junge nicht!«, sagte Mrs. Klieg. »Ich habe nein zu ihm gesagt. Die Antwort ist nein. Wenn ich nein sage, meine ich nein!«

Die Frau des Rabbi sagte: »Es ist empörend!« Aber keiner hörte auf sie. Unter dem engen Himmel von Gottes unermesslicher Weisheit trug sie eine rotblonde Perücke.

Jeder Tag war voller Leben und Abenteuer. Ich war die rechte Hand von Mr. Hilton. Er sagte: »Wie würde ich es jemals ohne dich schaffen, Shirley?«

Oder er sagte: »Deine Mutter und dein Vater sollten Gott jeden Abend auf Knien danken, dass er ihnen ein Kind wie dich geschenkt hat.«

Er sagte auch: »Es ist ein rechtes Vergnügen, mit dir zu arbeiten, mein liebes, liebes Kind.«

Manchmal jedoch sagte er: »Herrgott, was hab ich mit dem Textbuch gemacht? Shirley, Shirley! Such es mir.«

Dann antwortete ich ganz ruhig: »Hier ist es, Mr. Hilton.«

Manchmal, wenn er sehr müde war, rief er voller Verzweiflung: »Shirley, ich bin es leid, die Blagen anzuschreien. Sagst du bitte Ira Pushkov, dass er gefälligst erst dann reinkommen soll, wenn Lester zum zweiten Mal auf den Stern gezeigt hat?«

Also brüllte ich: »Ira Pushkov, was ist los mit dir? Du Trottel! Mr. Hilton hat dir schon fünf Mal gesagt, dass du erst dann reinkommen sollst, wenn Lester zum zweiten Mal auf den Stern gezeigt hat.«

»Oi, Clara«, fragte mein Vater, »was macht sie da bis sechs Uhr abends? Kann nicht mal mehr die Teller auf den Tisch stellen.«

»Weihnachten«, sagte meine Mutter kühl.

»Hoho!«, sagte mein Vater. »Weihnachten. Was schadet das schon? Schließlich lehrt die Geschichte uns alle was. Vom Lesen wissen wir, dass diese Feiertage auch aus heidnischen Zeiten sind, die Kerzen, das Licht, sogar Chanukka. Wir lernen also, dass gar nicht alles christlich ist. Wenn sie meinen, es sind ihre Privatfeiertage, dann sind sie Ignoranten und keine Patrioten. Die Geschichte mit allem Drum und Dran gehört der gesamten Menschheit. Willst du zurück ins Mittelalter? Ist es besser, sich den Kopf mit einem gebrauchten Rasiermesser zu scheren? Schadet es Shirley, wenn sie lernt, den Mund aufzumachen? Sicher nicht. Vielleicht lebt sie eines Tages einmal nicht zwischen Küche und Laden. Sie ist nicht dumm.«

Ich danke dir, Papa, für deine gütigen Worte. Und es stimmt bis zum heutigen Tage: Ich spinne manchmal, aber dumm bin ich nicht.

Abends gab mir mein Vater einen Kuss und sagte mit lebhafter Anteilnahme am Fortkommen meiner Karriere: »Shirley, morgen ist dein großer Tag. Hals- und Beinbruch!«

»Das kannst du dir sparen«, sagte meine Mutter. Dann schloss sie alle Fenster, damit keiner Mandelentzündung bekam.

Morgens schneite es. An der Straßenecke hatte eine freundliche Stadtverwaltung einen Baum für uns geschmückt. Um seinem kalten Schatten auszuweichen, gingen unsere Nachbarn drei Straßen weiter nach Osten, um einen Laib Brot zu kaufen. Der Fleischer zog die schwarzen Rollläden vor die Fenster, damit die farbigen Lichter nicht auf seine Hühnchen schienen. Da machte ich nicht mit. Auf dem Weg zur Schule warf ich dem Baum mit beiden Händen einen Kuss der Toleranz zu. Der Ärmste, er war ein Fremdling in Ägypten.

Ich ging an den Kindern, die mich alle anstarrten, vorbei direkt in die Aula. »Los geht's, Shirley!«, sagten die Aufsichtsschüler. Vier für ihr Alter große Jungs hatten sich schon als Requisiteure und Bühnenarbeiter an die Arbeit gemacht.

Mr. Hilton war sehr nervös. Nicht mal froh. Alles, was er sagte, beendete er mit einem traurigen Blick zur Seite. Er saß zusammengesunken in der Mitte der ersten Reihe und bat mich, Miss Glacé zu helfen. Das tat ich auch, obwohl sie meine Stimme zu hallend fand und »Angeberin!« zu mir sagte.

Die Eltern trafen lange, bevor wir so weit waren, ein. Sie wollten einen guten Eindruck machen. Aus den meterlangen Vorhängen lugte ich in den Saal. Ich sah meine Mutter, wohl war ihr nicht zumute.

Miss Glacé klebte Ira, Lester und Meyer an ihre Bärte. Fast hätte sie vergessen, den Stern am Draht zu befestigen, doch ich erinnerte sie daran. Ich räusperte mich ein paarmal, um den Hals frei zu kriegen. Miss Glacé vergewisserte sich, ob alle fertig kostümiert und in einer Reihe aufgestellt darauf warteten, ihre Rolle zu spielen. »So, jetzt ...«, flüsterte sie.

Dann ging's los:

Jackie Sauerfeld, der hübscheste Erstklässler, schob mit seinem dürren Ellenbogen die Vorhänge auseinander und sang mit hoher Stimme:

»Liebe Eltern,
wir sind heut hier
ein Weihnachtsspiel zu bieten.
Die Geschicht erzählen wir
mit Gesten und Gebärden.«

Er verschwand.

Sofort danach brach meine Stimme aus den Kulissen, und Ira, Lester und Meyer schraken zusammen; kalt erwischt, obwohl sie darauf gewartet hatten.

»Ich erinnre mich, erinnre mich ... an das Haus meiner Geburt ...«

Miss Glacé riss den Vorhang auf, und da war es, das Haus – ein alter Heuboden, auf dem Celia Kornbluh mit ihrer Lieblingspuppe Cindy Lou im Stroh lag. Aus den Kulissen gingen Ira, Lester und Meyer langsam auf sie zu und zeigten abwechselnd auf einen wandernden Stern und auf Cindy Lou.

Es war eine lange Geschichte, und es war eine traurige Geschichte. Während der kleine Eddie Braunstein mit seinem Hirtenstab auf der Bühne hin und her wanderte und Schafe suchte, sagte ich mit sorgfältiger Betonung all die Worte über meine einsame Kindheit auf. Als ich wieder auf die Einsamkeit zu sprechen kam und darauf, dass keiner mich verstand, außer ein paar Frauen, die niemand leiden konnte, löste Marty Groff Eddie ab, der nun zu klein war. Marty trug den Gebetsschal seines Vaters. Ich kündigte zwölf Freunde an, und die Hälfte der Viertklässler versammelte sich um Marty, der auf einer Apfelsinenkiste stand, während meine Stimme zu predigen begann. Laut klagend hielt ich eine feierliche Rede über Liebe und Gott und die Menschen, doch wegen des schrecklichen Verrats von Abie Stock kamen wir plötzlich zu einem berühmten Moment. Marty, dessen Sprachrohr der Erinnerung ich war, wartete am Fuß des Kreuzes. Er stierte verzweifelt ins Publikum. Ich stöhnte: »Mein Gott, mein Gott, warum hast du mich verlassen?« Die Soldaten in Scheichsgewändern packten den armen Marty, um ihn, den Todgeweihten, festzunageln, doch er riss sich los, drehte sich wieder zum Publikum und streckte die Arme hoch, um seine Verzweiflung und das Ende zu zeigen. Ich raunte so laut ich konnte: »Der Rest ist Schweigen, aber alle in diesem Raum, in dieser Stadt – in dieser Welt – wissen jetzt, dass ich des ewigen Lebens teilhaftig werde.«

An dem Abend besuchte uns Mrs. Kornbluh, und wir tranken in der Küche ein Glas Tee.

»Wie geht's der Jungfrau?«, fragte mein Vater und gab sich besorgt.

»Für einen Mann mit einer Tochter haben Sie ein freches Mundwerk, Abramovitch.«

»Hier«, sagte mein Vater freundlich, »nehmen Sie ein bisschen Zitrone, das versüßt Ihnen die Laune.«

Sie stritten ein wenig auf Jiddisch und fielen dann in einen Mischmasch aus Russisch und Polnisch. Als ich wieder etwas verstand, sagte mein Vater: »Trotz allem, Sie müssen zugeben, dass es eine wunderbare Sache war, uns mit den Glaubensvorstellungen einer anderen Kultur bekannt zu machen.«

»Hm, ja«, sagte Mrs. Kornbluh. »Nur … Sie kennen doch Charlie Turner – den niedlichen Jungen in Celias Klasse – und ein paar andere. Die haben sehr kleine oder überhaupt keine Rollen bekommen. Das hinterlässt doch einen faden Beigeschmack. Schließlich ist es ihre Religion.«

»Oi«, meinte meine Mutter, »was sollte Mr. Hilton denn machen? Sie haben so dünne Stimmchen, da hätten sie ja brüllen müssen. Die englische Sprache kennen sie auswendig von Anfang an. Sie sind blond wie Engel. Finden Sie es so wichtig, dass sie in dem Stück mitmachen? Weihnachten … die ganze Bescherung … es gehört ihnen sowieso.«

Ich lauschte angestrengt, bis ich nicht mehr konnte. Todmüde kletterte ich aus dem Bett und kniete mich hin. Ich bildete mit den Händen eine kleine Kirche und sagte: »Höre, Israel…« Dann rief ich laut auf Jiddisch: »Bitte, gute Nacht, gute Nacht. Psst.« Mein Vater sagte: »Selber psst«, und knallte die Küchentür zu.

Ich war glücklich. Ich schlief sofort ein. Ich hatte für alle gebetet: meine redselige Familie, die weit entfernten Verwandten, Vorübergehende und all die einsamen Christen. Ich war überzeugt, dass ich gehört wurde. Meine Stimme war jedenfalls am lautesten.

Das Preisausschreiben

Ob ich früh oder spät aufstehe, spielt keine Rolle, der Tag läuft mir davon. Sommer oder Winter, ob die Bäume Dämmerlicht oder harte Schatten werfen – vor Mittag futtere ich meine Rice Krispies nie.

Ich bin ehrgeizig, aber eher auf lange Sicht. Insgeheim will ich hoch hinaus, aber dahin zu kommen dauert ein halbes Leben. Bis dahin halte ich die Augen offen und kleide mich gut.

Dem Psychiater bei der Armee habe ich gesagt: Ja, ich mag Mädchen. Stimmt auch. Nur nicht meine Schwester – Traum eines Zuhälters. Mädchen schon, schlank und zart oder vollbusig mit dunkelbraunen Spitzen, von der Zeit gegerbt. Bloß meine Mutter nicht, die hätte bei Freud bleiben sollen. Humor *habe* ich.

Mein letztes Mädchen war Jüdin, die sind oft warmherzig und sorgen sich darum, dass man ordentlich isst und leicht Arbeit findet. Und wollen, soweit ich weiß, nicht, dass man zu schwer arbeitet. Bis sie einen an der Angel haben – dann, du Mistkerl, schwitz!

Ein mittelgroßes Mädchen, Größe 38, ein Tontopf mit Henkeln, was zum Anpacken. Ich traf sie im Regen nach einer Kulturveranstaltung vor der Cooper Union oder an der Washington Irving Highschool. Sie hatte keinen Schirm, und ich hatte einen, also brachte ich sie nach Hause, zu mir. Da blieb sie mehrere Stunden, eine gähnende Höhle, schlief schon fast. Der Regen regnete auf den Götterbaum vor meinem Fenster, der Wind rüttelte an den altmodischen Läden, und ich machte in aller Ruhe Kaffee und schnitt ein paar Gramm von dem Pfundkuchen ab. Ich halte nichts von Gewalt und hätte auch gewartet, aber ihre Einsamkeit war immens.

Ein paar Wochen lang hatten wir es richtig schön. Sie brachte Brötchen und Bagels von wo auch immer man die noch auftreiben kann und kam sonntags mit einem Hühnchen zum Braten aus Brooklyn. Sie fand mich zu mager. Das bin ich auch, aber Mädchen mögen das. Wenn man dick ist, sehen sie sofort, dass man ihr einzigartiges Talent, einen warm zu halten, nie brauchen wird.

Der Frühling kam. Sie sagte: »Was wird aus uns?« Mit genau diesen Worten! Also, die Haltung kenne ich schon. Offenbar sind für die meisten Frauen gutes Essen und Spaß für alle zu viel des Guten.

Sie sagte es wieder, als die Sonne den Juli aufsaugte. »Freddy, wenn hier nichts draus wird, mach ich nicht mehr mit.« Die Sonntage waren windig, es trieb uns an den Strand: Ihre Mutter musste ihr eingetrichtert haben, was sie sagen sollte. Sie sagte es mit solch unfreier Überzeugung.

Eines Freitagnachts im September kam ich von einer

glücklosen Party nach Hause. Alle Gesichter waren fremd. Es gab keine überzähligen Mädels, und nach ein wenig gebremstem Geplauder mit den prächtigen Besitztümern anderer Männer fühlte ich mich richtig schlecht und ging nach Hause.

Wer saß in einem Sessel und blätterte in einer *Art News* voller Holländer, die in vierzig Jahren achtzig gelebt hatten? Dorothy. Und daneben ihr Übernachtungsgepäck. Als sie aufstand und mich begrüßte, konnte ich ihr kaum ins Gesicht sehen, doch sie machte zuerst Tee und ließ einiges von meiner Glut in die feuchte Nacht verdampfen.

»Hör zu, Freddy«, sagte sie. »Ich habe meiner Mutter gesagt, dass ich Leona in Washington besuche, zwei Tage, und ich habe es mit Leona abgesprochen. Keiner verrät was.« Sie goss uns Tee ein und brachte Mohntörtchen aus einer geheimen Bäckerei in der Flatbush Avenue – und all das, um den Appetit eines Mannes in eine andere Richtung zu lenken und dafür zu sorgen, dass das Gespräch weiterging.

»Nein, hör zu, Freddy, du nimmst dich selbst nicht ernst, und deshalb kannst du auch nichts anderes ernst nehmen – einen Job oder eine – eine Beziehung... Freddy, du hörst nicht zu. Du magst lachen, aber du bist absolut primitiv. Du lässt dich von deinen Nervenenden leiten. Wenn du neben einem Radio stehst, hörst du Musik; wenn du neben einem offenen Kühlschrank stehst, stopfst du dich voll; wenn ein Mädchen drei

Meter von dir entfernt ist, hast du sie schon ausgezogen und aufgespießt.«

»Also bitte, Dotty, so drastisch brauchst du dich nicht auszudrücken«, sagte ich. »Jeder Mann ist sein eigener Drehspieß.«

Was für ein nettes Mädchen! Man sagt was Vulgäres, und sie fällt, auf einmal puterrot, prompt über einen her und ist froh, dass der East River zwischen ihr und ihrer Mutter liegt. Armes Mädchen, was war sie bedürftig.

Und großzügig. Bis Sonntagabend hatte ich ein halbes Dutzend Gespräche abgewürgt und die moralischen Erwägungen an den Wurzeln gekappt, damit sie sich nicht zu Predigten auswuchsen. Bis Sonntagabend hatte ich zweimal »Ich liebe dich, Dotty« gesagt. Als ich am Montagmorgen das Ausmaß meines Engagements erfasste, hielt es mich, das gebe ich zu, davon ab, zu einem Job zu gehen, den ich am Freitag ergattert hatte.

Auf mich machen Frauen den Eindruck, dass sie es gut meinen, aber durch eine Tradition der Besitzgier zwanghaft zum Ziel kommen wollen. Als Dot merkte, dass ich mich gegen den Job entschieden hatte (was für einen Job? Einen Job, mehr nicht), handelte sie. Sie brachte mir mein *1984* zurück und schrieb mir auf einen Zettel, ich könne die sechs Weingläser behalten, die mir ihre Mutter geliehen hatte.

Ich vermisste sie durchaus; man begegnet nicht alle Tage solch sperrangelweit offener Güte. Aber sie ließ sich nicht für dumm verkaufen. Sie besaß Bauernschläue, würde ich sagen. Bildung nicht zu viel. Ihr Haar war lang und dunkel. Ich hatte es bis zu dem Wochenende immer in hübschen kleinen Frisuren oder bei entsprechender Gelegenheit zerzaust gesehen.

Es war schon erstaunlich.

Ich vermisste sie. Und hatte danach kaum Glück. Sehr wenig Geld obendrein, und die Mädchen spüren das instinktiv. Es gab eine nette kleine, verheiratete Frau, deren Mann in fremden Gefilden wilderte, aber sie war nicht mit dem Herzen dabei. Dann schusterte mir mein Schwager, ein geschniegelter Croupier, der bei Familienfesten immer mit Geldscheinen raschelt, ein bisschen Arbeit an noch aufbauschbaren Werbetexten zu, und allmählich lief es besser.

Mit dem Verdienst aus meinem Geschwafel schaffte ich es eines Wochenendes schnurstracks in den Craggymoor Country Club, wo die Hautevolee sich erholt, eine Oase mit viel Prominenz und knapp drei Quadratkilometern Golfplatz. Als ich erschöpft, aber ohne damit anzugeben, zurückkehrte, empfing sie mich doch wirklich in meinem Hochparterrezimmer zur Straßenseite. Mit ein paar atemlosen, freundlichen Worten und einem modernen Trick hoffte sie der sterblichen Hülle Liebe ewiges Leben einzuhauchen.

»Ach, Dotty«, sagte ich und breitete die Arme zur Begrüßung weit aus. »Ich freue mich immer, wenn ich dich sehe.«

Natürlich erklärte sie sich. »Deshalb bin ich eigentlich nicht hier, Freddy. Ich wollte mit dir reden. Wir haben nämlich die Wahnsinnschance, eine Stange Geld zu verdienen, wenn du mal eine halbe Stunde ernst bleiben kannst. Du bist so klug, und du solltest wirklich mal was richtig anpacken. Gott, du könntest auf dem Land leben. Ich meine, selbst wenn du weiter allein leben würdest, könntest du eine anständige Wohnung in einer anständigen Straße haben statt diesem Loch.«

Ich küsste sie auf die Nasenspitze. »Wenn du es ernsthaft besprechen willst, Dot, lass uns eine Runde spazieren gehen. Los, zieh deinen Mantel an und erzähl mir, wie man Geld verdient. Alles.«

Das tat sie. Wir gingen in den Park und kickten eine Stunde lang Herbstblätter in die Luft. »Jetzt lach nicht, Freddy«, sagte sie. »Es gibt eine jiddische Zeitung, die *Morgenlicht* heißt. Sie veranstaltet ein Preisausschreiben zu mehr oder minder prominenten Juden: ›Jews in the News‹. Jeden Tag bringt sie ein Bild und zwei Beschreibungen. Man muss herausfinden, wer die drei Leute sind, eine weitere Information über sie hinzufügen und das dann spätestens bis Mitternacht am selben Tag einschicken. Es läuft mindestens drei Monate.«

»Hundert Juden und die dürfen prominent sein?«, sagte ich. »Was für ein tolerantes Land! Und was kriegt man für diese sachdienlichen Hinweise, Dot?«

»Der erste Preis sind fünftausend Dollar und eine Reise nach Israel. Bei der Rückreise zusätzlich jeweils zwei Tage in den drei größten europäischen Hauptstädten im Freien Westen.«

»Sehr schön«, sagte ich. »Aber worum geht es? Die zu entlarven, die ihr Judentum verleugnen?«

»Freddy, warum verdrehst du immer alles? Sie sind einfach nur stolz auf sich und wollen, dass überall Juden stolz auf ihren Beitrag zu diesem Land sind. Bist du nicht stolz?«

»Wehe der stolzen Krone!«

»Ach, red doch, was du willst. Aber wir kennen jemanden, der jemanden bei der Zeitung kennt – er schreibt einmal in der Woche einen mit seinem Namen gezeichneten Artikel –, wir kennen ihn nicht direkt, aber unser Familienname ist ihm bekannt. Deshalb haben wir eine sehr gute Chance, wenn wir mitmachen. Du bist doch so klug, Freddy. Allein kann ich es nicht, Freddy, du musst mir helfen. Allerdings bin ich sowieso entschlossen mitzumachen. Wenn Dotty Wasserman sich einmal zu etwas entschlossen hat, ist es schon halb getan.«

Hartnäckigkeit als Charakterzug hatte ich bisher nicht bei ihr bemerkt. Ich besaß sie nicht. An jedem Tag der Woche beugte sie sich von nun an abends nach der Arbeit nachdenklich über meinen Schreibtisch und trug, um nicht zu frieren, mein Harris-Tweedjackett, das sie an den Ellenbogen durchscheuerte. Aus dem Telefon ihrer Mutter in Brooklyn brachte ein aufgeregt surrendes Kupferkabel in einem fort Informationen an ihr Ohr.

Wenn ich ihr über die Schulter schaute, erwischte ich manchmal einen Dreiviertelblick auf einen halb prominenten Juden oder einen ganzen Blick auf einen halben Juden. Wie groß der Anteil war, spielte nach den Regeln keine Rolle. Man war froh, ihn ans Tageslicht zu bringen, und stolz darauf.

Je länger wir arbeiteten, desto stolzer wurde Dotty. Sie wurde ganz rot im Gesicht, hob den Kopf von dem schwer lesbaren Gedruckten und sagte in ihrer eigenen Übersetzung: »Ein überaus angesehener grauhaariger Herr, enger Freund von Kabinettsmitgliedern, wahrer Freund einiger Präsidenten, man sieht ihn oft im Park auf einer Bank sitzen.«

»Bernard Baruch!«, rief ich wie aus der Pistole geschossen.

Der Nächste war schwer: »Hat zur Erleichterung des Handels zwischen den Bundesstaaten beigetragen; sein Werk ist Millionen wert und wurde letztes Jahr vollendet. Trotzdem hat er Zeit für Deborah, Susan, Judith und Nancy, seine vier Töchter.«

Um das herauszubekommen, rauchte ich und kippte einen heißen Eierpunsch, den Dotty gezaubert hatte, damit ich Kraft und Volumen bekam. Ich betrachtete den Herd, die Decke, meine launischen Fensterläden – dann sagte ich ruhig: »Chaim Pazzi – er ist Brückenbauer.« Einen Namen vergesse ich nie, egal, in welchem Schriftbild er erscheint.

»Also, so was, Freddy. Ich wusste nicht mal, dass es

einen Juden gibt, der in dem Bereich solche Leistungen erbracht hat.«

Es dauerte manchmal eine Stunde, damit man einer Aufzählung völlig übertriebener Verdienste einen realen Namen zuordnen konnte. Wenn es so lange dauerte, konnte ich mir nicht verkneifen zu sticheln: »Gut, wir haben wieder einen entlarvt. Setz ihn auf die Liste für Lastwagen Nummer 2.«

Dann sagte Dotty jedes Mal traurig: »Du machst ja wohl hoffentlich Witze.«

Warum, meinen Sie, mochte sie mich schließlich? Ihr psychoanalysierten Leutchen, jetzt sagt es einmal alle zusammen im Chor: »Weil sie Masochistin ist und du ein Sadist.«

Nein. Ich war sehr gut zu ihr. Und reagierte auf all die Liebe, die sie mir gab. Ich hielt auch unsere Verabredungen stets ein und rief sie freitags an, um sie an Samstag zu erinnern, und wenn ich Geld hatte, brachte ich ihr Blumen mit und einmal Ohrringe und einmal einen schwarzen Büstenhalter, für den ich in der Zeitung eine Anzeige gesehen hatte und der ein paar raffiniert eingenähte Fenster zur Belüftung hatte. Ich habe ihn immer noch. Sie hat sich nie getraut, ihn mit nach Hause zu nehmen.

Aber auffressen lasse ich mich von keiner Frau.

Als meine arme alte Mutter starb, steckte ihr allerdings ein großes Stück von mir im Hals. Ich war zu der Zeit bei der Armee, doch soweit ich weiß, waren ihre letzten Worte: »Macht Freddy mit Eleanor Farbstein bekannt.« Na, die Frau hatte Nerven. Mich in einem Testamentsnachtrag zu erwähnen. Meine Schwester vererbte sie dem Werbemenschen und Gourmet-Experten mit Bürstenschnitt. Meinen Vater hinterließ sie dem Mitleid der Tanten, während sie mich, ihren wertvollsten Besitz und das beste Stück Fleisch in der Gefriertruhe ihres Herzens, Ellen Farbstein vermachte.

Dotty hat es übrigens selbst gesagt: »Ich war noch nie mit einem zusammen, der so aufmerksam war wie du, Freddy. Du bist immer da. Ich weiß, wenn ich einsam oder deprimiert bin, muss ich dich nur anrufen, und du lässt alles stehen und liegen und triffst dich mit mir downtown. Glaub nicht, dass ich das nicht zu schätzen weiß.«

Um ehrlich zu sein, ich hatte ja sonst nicht viel zu tun. Mein Schwager hätte mir zu einem Leben in Saus und Braus verhelfen können, doch er tat so, als sei ich Spezialist für bestimmte blumige Werbetexte, die seine Agentur nur selten brauchte. Deshalb konnte ich mein bisschen Grips, meine Kraft und meine Aufmerksamkeit auf »Jews in the News« verwenden – auf das *Morgenlicht*, »die Morgenzeitung, die schon am Vorabend erscheint«.

Und so hielten wir durch bis zum Ende. Dot glaubte felsenfest, wir würden gewinnen. Mich hatte sie halb überzeugt. Wir tranken heißen Kakao und Screwdrivers und malten uns in den nächsten sechs Wochen die fantastischsten Sachen aus.

Wir gewannen.

Eines Morgens um neun Uhr mitten in der Woche bekam ich einen Anruf. »Aufstehen! Raus aus den Federn, Frederick P. Sims. Wir haben's geschafft. Siehst du, wenn man sich wirklich Mühe gibt, schafft man es, egal, was.«

Sie nahm sich ab mittags frei, und wir trafen uns zum Lunch in einem Straßencafé im Village, vor unberechtigtem Stolz strahlte sie übers ganze Gesicht. Wir aßen sehr gut, und ich musste – als hätte ich's geahnt – folgende Neuigkeit zur Kenntnis nehmen:

Es lief alles auf ihren Namen. Natürlich musste ihre Mutter was abbekommen. Sie hatte beim Übersetzen geholfen, weil Dotty sehr wenig Jiddisch konnte (ganz zu schweigen von der Absicherung für ihr Alter); und sie mussten unbedingt, das hatten sie in einer mitternächtlichen Konferenz beschlossen, ihrer alten Tante Lise etwas Geld schicken, die neunzig Minuten vor der endgültigen Abriegelung Europas entkommen war und nun den größten Teil ihres Verstandes verloren hatte und unter Fremden in Toronto lebte.

Der Trip nach Israel und in drei andere europäische Hauptstädte war für 2 (in Worten: zwei). Sie mussten verheiratet sein. Wenn wir kein Dokument hätten, das unsere rechtmäßige Verbindung bezeugte, würde sie allein reisen. Bevor ich meine Meinung detailliert kundtun konnte, kreischte sie »Oh!«, ihre Mutter warte ja vor Lord and Taylor. Und war weg.

Ich rauchte meine alte verkrustete Pfeife und bedachte meine Lage.

In einem anderen Teil der Stadt tat sich was, Druckerpressen ratterten, und am nächsten Tag standen die Tatsachen von rechts nach links auf dem Titelbild des *Morgenlicht*:

!TNNIWEG NAMRESSAW YTTOD

NETROWTNA ELLA SSIEW NYLKOORB SUA NEHCDÄM

Ein hübsch eingekasteltes Bild von Dot und mir darunter erinnerte mich daran, dass am Tag zuvor beim Mittagessen, als ich dagesessen hatte wie ein begossener Pudel, weil meine bescheidenen Hoffnungen geplatzt waren, ein heller Blitz den Milchreis beleuchtet hatte.

Ich schickte Dotty eine Postkarte. Darauf stand: »Ohne mich.«

Den Rest der Reise zu arrangieren war kompliziert, weil die israelische Regierung zögerte, Dollarscheinen die Ausreise zu erlauben, die die Tour ihres Lebens machten. Eigentlich wollte man in dieser Provinz von Kosmopoliten, dass der Dollar seine hedonistische Rolle als amerikanisches Spielzeug aufgab und sein protestantisches Leben als Werkzeug begann.

Nach zwei Wochen kamen Briefe aus dem Ausland, die davon berichteten, sowie Fotos von Dotty, lächelnd in einem Kibbuz, solidarisch an einer Klagemauer lehnend, mit großer Geste in einem Orangenhain.

Ich beschloss, für ein paar Monate einen festen Job in einer Agentur anzunehmen. Mit folgenden Werbetexten bedachte ich Fotos von aufrechten Männern:

DAS IST BILL FEARY. ER IST DER MANN, DER IHRE BE-
STELLUNG FÜR ___ TONNEN RED-LABEL-KUNSTDÜN-
GER ENTGEGENNIMMT. BILL KENNT DEN MITTLEREN
WESTEN. BILL WEISS, WAS SIE BRAUCHEN. RUFEN SIE
IHN AN. JETZT!

Ich war akkurat und braunäugig, brav und aufgeweckt, empört über die Tricks meiner Kollegen, getrieben von Anständigkeit, auf geradem Weg nach oben.

Die Mädels mit den ranken Schenkeln, die es mit dem Traktor nach New York verschlagen hatte, waren auch auf geradem Weg nach oben, durch die Hölle der menschlichen Habgier in den Hurenhimmel, den Palast irdischer Güter.

Während ich hart für meine Träume arbeitete, gab Dotty Geld aus, um den Schiefen Turm von Pisa zu sehen und in einer Gondel zu gondeln. Weil sie sich in London zu Hause fühlte, beschloss sie, mindestens zwei Wochen dort zu bleiben. Und so blieb der ganze Gewinn letztendlich in den Händen Fremder, die ihrerseits damit wuchern würden.

Eines diesigen Tages erinnerte mich das Tuten von Nebelhörnern, das überall um Manhattan Island herum ertönte, an ein Telegramm, dass ich unter allen Umständen ignorieren wollte. ANKOMME QUEEN ELIZABETH MITTWOCH 16 UHR. Ich ignorierte es den ganzen Tag erfolgreich und flirtete unverbindlich mit ein paar kühlen Blondinen. Und ging nach Hause und war einsam. Ich war den ganzen Abend einsam. Ich versuchte einem sportlichen Mädchen, das ich ein paar Wochen zuvor in einer Skihütte kennengelernt hatte, einen Brief zu schreiben ... Ich überlegte, ob ich ein paar Freunde anrufen sollte, doch die reine unaussprechliche Wahrheit ist, dass Frauen einen isolieren. Es gab niemanden zum Anrufen.

Ich ging raus, um mir eine Abendzeitung zu holen. Las sie. Hörte Radio. Ging raus und holte mir eine Morgenzeitung. Trank ein Bier. Las die Zeitung und wartete darauf, dass mir der Morgen klares Denken bescherte.

Am nächsten Tag ging ich nicht zur Arbeit. Ich ging überhaupt nicht mehr zur Arbeit. Kein Wort von Dot. Wahrscheinlich verging sie vor Schuldgefühlen. Armes Ding ...

Schließlich schrieb ich ihr einen Brief. Und der war nicht ohne.

Meine liebe Dorothy,

wenn ich an unsere Beziehung denke und mich an die Jahreszeiten erinnere, daran, wie sie in der Sonne gedieh und im Winter durch den Schnee pflügte, finde ich immer noch keinen Grund für Dein skrupelloses Verhalten. Mir ist klar, dass Du dem grässlichen Beispiel Deiner Mutter und all der Mütter vor ihr gefolgt bist. Um es auf den Punkt zu bringen: Du warst eine Prostituierte. Die Liebe und Freundschaft, die ich Dir entgegengebracht habe, waren offenbar nicht genug. Was wolltest Du? Du hast mich ins seichte Wasser Deiner Zuneigung gezogen, in dem ich hätte ertrinken können, und weil ich das nicht wollte, hast Du diese bittere Rache ersonnen.

Aber mal ganz im Ernst, ich habe Dir geholfen und mein Gedächtnis durchforstet nach den Personen unseres Glaubens, die den sensationslüsternen Nerv dieser Nation berührten.

Was wolltest Du?

Heiraten?

Aah, darum geht's! Ein glückliches Heim für Vater, Mutter, Kind. Endlich den Tag im Reihenhaus, an dem Du Dein Haar auf Lockenwickler wickelst, Dir Creme auf die Augenfältchen klatschst ... Ich weiß nicht, ob das alles was für Fred ist.

Ich bin neunundzwanzig Jahre alt und werde nicht jünger. Überall um mich herum erklettern blutjunge Uniabsolventen mit ihren O-Beinen die Leiter des Erfolgs. Dotty Wasserman, Dotty Wasserman, was soll ich Dir sagen? Wenn Du meinst, ich sei unnachgiebig gewesen, stell Dich der Tatsache, dass Du nicht ehrlich zu mir warst.

Es war manchmal wunderschön mit uns. Das könn-

ten wir wieder haben. Jetzt besteht die einmalige Gelegenheit, auf einer menschlicheren Grundlage neu zu
beginnen. Du kannst mir Deine engstirnige Sichtweise
des Lebens nicht aufzwingen. Entscheide Dich, Dotty
Wasserman.

Im Gedenken an die aufrichtige Zuneigung,
F.

PS: Das ist Deine allerletzte Chance.

Zwei Wochen später bekam ich einen Hundertdollar-
schein.

Eine Woche danach fand ich eine sorgsam verpackte
Ledermappe, handgenäht in Italien, und einen Projek-
tor sowie einen Kasten Dias mit interessanten Ansichten von Europa und Nordafrika.

Und danach gar nichts mehr.

Ein Interesse am Leben

Einmal hat mir mein Mann zu Weihnachten einen Besen geschenkt. Das war nicht recht. Keiner kann mir erzählen, er hätte es nett gemeint.

»Ich möchte nicht, dass du gar nichts zu Weihnachten bekommst, wenn ich bei der Armee bin«, sagte er. »Virginia, bitte, schau ihn an. Und dazu gehört noch dieses schicke Kehrblech. Das kann man am Stiel aufhängen. Schau es doch wenigstens mal an, ja? Bist du blind oder schielst du?«

»Danke, Kumpel«, sagte ich. Ich hatte mir schon immer ein Kehrblech gewünscht, das man so aufhängen kann. Es war ein gutes. Mein Mann kauft nicht in Resterampen oder im Winterschlussverkauf.

Trotz alledem, trotz der Qualität, war es ein schäbiges Geschenk für eine Frau, die man nie wiedersehen wollte, mit der man Kinder hatte und über die man immer und immer wieder drübergestiegen war, ob betrunken oder nüchtern und auch, wenn man am nächsten Morgen früh aufstehen musste.

Ich fragte ihn, ob er warten und in einer halben Stunde zur Armee gehen könnte, ich müsste noch Essen einkaufen. Ich lasse Kinder nicht gern in einer

Dreizimmerwohnung mit Gas und Strom allein. Eine fiese Bemerkung kann ein Feuer entfachen. Oder der Älteste beschließt, es dem Jüngsten heimzuzahlen.

»Nur dieses eine Mal«, sagte er. »Aber du siehst besser zu, wie du ohne mich fertig wirst.«

»Du bist doch geistig behindert«, sagte ich. »Man hätte dich schon vor Jahren wegsperren sollen.« Ich knallte die Tür zu. Ich wollte nicht sehen, wie er seine Unterwäsche und seine gebügelten Hemden einpackte.

Aber ich kam nicht weiter als bis zur Haustürtreppe, denn dort stand Mrs. Raftery, händeringend und mit Tränen in den Augen, als hätte sie das Monopol auf alle guten Nachrichten.

»Mrs. Raftery!«, sagte ich und legte den Arm um sie. »Nicht weinen.« Sie stützte sich auf mir ab, weil ich so eine Pferdestatur habe. »Nicht weinen, Mrs. Raftery, bitte nicht!«, sagte ich.

»Typisch für dich, Virginia. Du siehst immer nur die dunklen Seiten von allem. ›Holt die Wäsche rein, es regnet!‹ Das bist du. Du bist auch die Erste, die weiß, dass der Müllschlucker kaputt ist.«

»Also, ich bitte Sie, das stimmt nicht. Ganz und gar nicht«, sagte ich. »Ich bin das genaue Gegenteil.«

Sie hörte mir gar nicht zu, sondern fragte: »Hast du Mrs. Cullen schon gesehen?«

»Wo denn?«

»Virginia!«, sagte sie schockiert. »Sie ist gestorben. Das ganze Haus hat es mitgekriegt. Sie haben sie weiß angezogen wie eine Braut, ein so wunderschönes Geschöpf hast du noch nie gesehen. Sie muss achtzig geworden sein. Was ist ihr Mann stolz.«

»Sie war nie mehr als eine Bekannte; sie hatte keine Kinder«, sagte ich.

»Hm, das spielt doch keine Rolle. Also, Virginia, du tust jetzt, was ich dir sage, du gehst runter und sagst so – hör mir zu – du sagst: ›Mr. Cullen, ich habe gehört, Ihre Frau ist verstorben. Herzliches Beileid.‹ Dann fragst du ihn, wie es ihm geht. Dann läufst du kurz um die Ecke und schaust sie an. Sie ist bei Witson & Wayde. Und wenn sie sie in die Kirche tragen, solltest du dorthin gehen.«

»Es ist nicht meine Kirche«, sagte ich.

»Das ist kein Grund, Virginia. Du gehst so«, sagte sie und ließ mich los, um einen Hüpftanz zu vollführen. »Über die große Vordertreppe kommst du erst mal in die Kirche rein. Es ist wunderschön dort drin. Du kannst gar nicht anders, wenigstens eine Minute musst du dich hinknien. Dann läufst du herum zur rechten Seite und die andere Treppe hoch. Da kommst du an eine große Eichentür, mit einem Bogen über dir, dann«, sagte sie und holte tief Luft, was ihr unendlich guttat, »und dann drehst du den Knauf laang-sam und öffnest die Tür und siehst selbst: Unsere Heilige Mutter hat alles in ihrer Obhut. Wunderwunderschön.«

Ich atmete seufzend ein und ächzend wieder aus, um einen bestimmten Schmerz um mein Herz zum Schmelzen zu bringen. Einen stählernen Ring wie Arthritis, und das in meinem Alter.

»Was du immer stöhnst«, sagte Mrs. Raftery und gaffte mir in den Mund.

»Ach, Quatsch«, sagte ich. Eine Fahne vom allerbilligsten Wein wehte mich an.

Mein Mann warf von innen eine Centmünze an die Tür, um meine Aufmerksamkeit von Mrs. Raftery abzulenken. Er rüttelte an der Glastür, damit ich ihn auch ganz bestimmt wahrnahm. Er hatte sich schon einen prallvollen Seesack über jede Schulter geworfen. Wo kamen die vielen irdischen Besitztümer her? Was war in den Säcken? Die Gänsefedern meiner Großmutter von der anderen Seite des Ozeans? Oder alle Windeln vom Windelwaschdienst? Bis zum heutigen Tage ist die Wahrheit ein Geheimnis geblieben.

»Was zum Teufel machst du, Virginia?«, sagte er und ließ mir die Seesäcke vor die Füße fallen. »Hältst hier Volksreden und quatschst die Leute voll mit deinem Zeugs. Die Armee gibt einem einen festen Termin, Himmelherrgott, die lassen nicht mit sich spaßen.« Dann sagte er »Entschuldigen Sie bitte« zu Mrs. Raftery, nahm mich, als sei er verliebt, in beide Arme und drückte sich fest an mich, damit ich ihn das letzte Mal spürte und wusste, was ich an ihm verlor. Er küsste mich so fest, dass er mir fast die Lippe aufschlitzte. Dann zwinkerte er mir zu, sagte: »Das war's für heute«, und sprang davon, in die Zukunft, das Gepäck voll altem Dreck.

In was für einer peinlichen Situation er mich verließ. Vor der alten Witwe, die jenseits von Gut und Böse ist, fiel ich fast in Ohnmacht. »Er ist ein Galgenstrick«, sagte Mrs. Raftery. »Haut er ganz ab oder nur für eine Weile, Virginia?«

»Ach, wahrscheinlich verlässt er mich«, sagte ich, setzte mich auf die Haustürtreppe und zog meine großen Knie ans Kinn.

»Wenn das so ist, sag es gleich bei der Fürsorge«, erwiderte sie. »Was für ein Mistkerl, dich so kurz vor Weihnachten zu verlassen. Sag es auch der Polizei«, fuhr sie fort. »Sie bringen gern Spielzeug für die kleinen Kinder. Und vergiss nicht, beim Kaufmann Bescheid zu sagen. Dann ist er nicht so streng beim Bezahlen.«

Sie sah, wie sich auf meinem Gesicht die Traurigkeit weltweit ausbreitete. Mrs. Raftery ist gar nicht so übel. Sie sagte: »Schau, dass du dich tröstest, Liebes.« Mit einem nervösen Finger zeigte sie auf die Lastwagenfahrer, die auf der anderen Straßenseite an den Verladerampen hockten und was zu Mittag aßen. Mit weit ausholender Handbewegung schloss sie alle Männer ein, die auf der Suche nach einer anständigen Imbissbude die Straße auf- und abgingen, und ließ auch die sechs Hafenarbeiter nicht aus, die unter dem Vordach des Fischmarkts herumlungerten. »Wenn sie von der Malocherei keine kaputten Lungen und Mägen haben, verschwinden sie auf Nimmerwiedersehen. Sei nicht enttäuscht,

Virginia. Ich wüsste nicht, dass einem irgendein Mann ein Leben lang hält.«

Zehn Tage später fragte Girard: »Wo ist Daddy?«

»Stell mir keine Fragen. Dann erzähl ich dir keine Lügen.« Ich wollte nicht, dass die Kinder Bescheid wussten. Ob anwesend oder nicht – ein Kind sollte einen Vater haben.

»Wo *ist* Daddy?«, fragte Girard in der Woche danach.

»Er ist zur Armee gegangen«, sagte ich.

»Er hat mein Etagenbett gebaut«, sagte Philip.

»Die Wahrheit macht euch frei«, sagte ich.

Dann setzte ich mich mit Stift und Block hin, um mir einen Überblick über meine Mittel zu verschaffen. Richtig addiert und subtrahiert, blieb unterm Strich die Tatsache, dass mein Mann mich in äußerster Not, mit vierzehn Dollar und nicht bezahlter Miete, verlassen hatte. Er hatte zwar behauptet, es täte ihm leid, aber meiner Meinung nach gilt hier »aus den Augen, aus dem Sinn«. »Die Stadt lässt dich nicht verhungern«, hatte er gesagt. »Schließlich bist du die halbe Einwohnerschaft. Du sorgst dafür, dass alles weiter geht. Ohne dich würde die Menschheit aussterben. Wer würde die Steuern bezahlen? Wer würde die Straßen fegen? Es gäbe keine Armee. Ein Mann wie ich wüsste nicht, wo er hingehen sollte.«

Ich schickte Girard gleich zu Mrs. Raftery und bat sie um die Adresse der Fürsorge. Sie antwortete prompt mit der ihr eigenen Höflichkeit und fügte in Linkshänderschrift hinzu: »Der arme Girard … so ein Junge wie mein John wird er nie!«

Wer hatte sie danach gefragt?

Gleich nach Neujahr ging ich zur Fürsorge. Im Handumdrehen entdeckte ich, dass sie dort nur auf den Umgang mit Lügnern eingestellt und, wenn man ehrlich zu ihnen ist, enttäuscht sind. Ist man zu ehrlich, weigern sie sich unter Umständen sogar, den Fall zu bearbeiten.

Zuerst stellten sie vernünftige Fragen. Sie fragten, in welche Armee mein Mann gegangen wäre. Das wusste ich nicht. Sie setzten ein paar Briefeschreiber und Außendienstbeamte auf ihn an. »Er ist nicht in der Armee der Vereinigten Staaten«, sagten sie. »Versuchen Sie es bei der Brasiliens«, schlug ich vor.

Für einen kleinen Scherz am Rande haben sie keinen Sinn. Sie nehmen nichts auf die leichte Schulter und versuchten es tatsächlich bei der brasilianischen Armee. »Nein, nein«, sagten sie dann. »Stimmt nicht. Dort ist er auch nicht.«

»Nein?«, sagte ich. »Wie komisch! Dann vielleicht bei der mexikanischen Marine.«

Von Gesetzes wegen mussten sie sich an seine Brüder wenden. Sie schrieben dem Bruder, der ein hohes Tier in der Transportarbeitergewerkschaft ist und ein Mietshaus in Kalifornien besitzt. Sie baten auch seine zwei Brüder in Jersey, mir zu helfen. Die haben große Familien. Und lachten, zu Recht. Dann schrieben sie Thomas, dem Ältesten, dem Klugen. (Für den haben sie sich jahrelang abgerackert, damit er das College besuchen konnte, bis er mit seinem Verstand viel Geld verdiente.) Und er schickte mir sofort zehn Dollar und schrieb: »Was für ein Arschloch! Ich schick Dir ab und zu was, Ginny, aber egal, was Du tust, sag es nicht dem Amt.« Natürlich tat ich das nicht. Sie kamen auch bald zu dem Schluss, dass sie bessere Menschen waren als ich und ich Probleme hatte, weil ich es verdiente, und dann mochten sie mich lieber.

Doch meinen Kühlschrank reparierten sie nie. Immer wieder rief ich sie an und sagte geduldig: »Die Milch ist sauer ...«, oder: »Das Corned-Beef ist verdorben.« Als ich das sechste Mal (sechzig Cents) in dem nach Bier stinkenden öffentlichen Telefon bei Felan's saß, das Baby auf dem Schoß, während Barbie mit einer amerikanischen Flagge an die Glastür klopfte, weinte ich dem Beamten in sein hartherziges Ohr: »Ich hab gute Butter für die Feiertage gekauft, und jetzt ist sie ranzig ...« – »Sie müssen ein besseres Angebot für die Reparatur einholen«, hieß es.

Während ich zu Hause darauf wartete, dass ein Mann das Angebot machte, schwang sich Girard oben auf der Badezimmertür hin und her. Er wollte sich nur beruhigen. Ich musste lachen, als er wie in Trance die Kalkfarbe von der Decke knabberte. Als Mrs. Raftery das zum ersten Mal sah, sagte sie: »Mich laust der Affe, da gäbst du ihm ja noch besser Arsen.«

Aber Girard ist mein Sohn, und wer hier urteilt, das bin ich. Für die Zukunft bedeutet es Fürchterliches, obwohl ich nicht genau weiß, was.

Und weil ich ständig meine Vorahnungen zu diesem und anderen Dingen wälzte und beim täglichen Schminken der Lippen zusah, wie mein Gesicht sich zum Sterben zusammenrollte, kam John Raftery aus Jersey, um mich zu retten.

Jedenfalls kam John Raftery donnerstags immer mit der U-Bahn, um seine Mutter zu besuchen. Das wusste das ganze Haus. Sie freute sich schon vor dem Frühstück und sang mit einem mädchenhaften irischen Akzent, was sie nur zu besonderen Anlässen tut. Beim Wäscheaufhängen erinnerte sie sich, was für ein bemerkenswerter Junge ihr John gewesen war, und wurde ganz rot. »Fragt die Nonnen von nebenan«, sagte sie zu den offenen Küchenfenstern. »John vergessen sie nie.«

An dem Abend sagte Mrs. Raftery nach dem Essen zu ihrem Sohn: »John, wie kommt's, dass du nicht mal bei deiner alten Freundin Virginia vorbeigehst? Sie hat viel Pech gehabt und bläst Trübsal.«

»Ach, wirklich, Mutter?«, sagte er, lief sofort die zwei Treppen hoch und klopfte an meine Tür.

»Oh! John«, sagte ich bei seinem Anblick, weißes Hemd und blau gestreifter Schlips, Hut in der Hand, wie aus dem Ei gepellt, ein Sonntagsschulmann. »Guten Abend!«

»Herzlich willkommen, John!«, sagte ich. »Setz dich.

Immer hereinspaziert. Wie geht's dir? Gut siehst du aus, wirklich. Erzähl, wie es dir all die Jahre ergangen ist, John.«

»Wie es mir ergangen ist?«, fragte er nachdenklich. Und erzählte erst mal das Übliche, von seinem Leben mit Margaret, der Ehe, der Arbeit und den Kindern bis zum aktuellen Stand.

Ich hatte nichts Gutes zu berichten. Jetzt, da er das Thema vor meinen Augen ausgebreitet hatte, rauchte jeder verbrannte Tag meines Lebens vor Scham, und ich hatte nicht einmal mehr einen klaren Blick auf die guten halben Stunden.

»Allerdings«, sagte er, »hast du wunderbare Kinder. Sie fallen einem auf, Virginia. Für gutes Aussehen sollte man immer dankbar sein.«

»Dankbar?«, sagte ich. »Ich muss mich bei nichts bedanken als meiner eigenen Dummheit: vier Kinder mit sechsundzwanzig Jahren, verlassen und bettelarm, ganz egal, wie ich aussehe. Ein Mann kann nicht anders, doch ich hätte mich besser benehmen sollen.«

»Sei nicht so grausam mit dir selbst, Ginny«, sagte er. »Kinder kommen von Gott.«

»Na, mit heiligen Sprüchen hast du's ja immer noch. Du weißt ganz genau, wo die Kinder herkommen.«

Und ob. Sein rotes Gesicht wurde noch roter. Schon seit seiner Kindheit hat John Raftery so heftig die Farbe gewechselt, weil er seine Wut immer in sich verschließt.

Trotzdem redete er danach vernünftiger, und ich goss frischen Tee auf und erzählte ihm, wie mein Mann mich immer gern mochte, weil ich eine leidenschaftliche Person war. Das heißt, nur so lange, bis er sich mal umschaute und sah, dass sein Leben auf unabsehbare Zeit gleich bleiben oder höchstens schlimmer werden würde. Als er das begriffen hatte, versuchte er, sich von mir abzuwenden und mich gegen sich aufzubringen. Sein Gesicht veränderte sich. Er gab seine Zigarettenmarke auf, die wir beide rauchten. Er warf die beiden Paar Socken weg, die ich ihm gestrickt hatte. »Wenn ich in diesem Leben etwas hasse, dann Marineblau«, sagte er. Ich hätte sie ja färben können. Ich hätte alles für ihn getan, wenn er doch nur was gesagt hätte.

»Damals warst du ein nettes Mädchen«, sagte John und bezog sich auf bestimmte Samstagabende. »Ein wildes nettes Mädchen.«

»Uach«, sagte ich angewidert. Egal, was ich damals war, ich war auf dem Weg zu dem, was ich heute bin. »Ich war frech. Wenn ich ein Mädchen wie mich hätte, würde ich ihr links und rechts eine runterhauen, bis sie schielt.«

Am nächsten Donnerstag schenkte mir John ein wunderschönes Radio mit Plattenspieler. »Viel Spaß damit«, sagte er. Da war die Fürsorge von den Socken. Wir hatten gar keine Platten, doch der Kontrollbeamte sah, dass meine Last leichter wurde, und schrieb ein Dutzend Seiten in seinem Notizbuch voll.

Am dritten Donnerstag brachte John für Linda und Barbie eine 61 cm große Laufpuppe mit, und auf der beigefügten Karte stand: »Eine süße Puppe für zwei süße Püppchen.« Er hatte auch bei seiner Mutter ein bisschen was getrunken und wollte tanzen. »La-la-la«, sang er, auf meinem Küchenstuhl schwankend und gleichzeitig steif, als hätte er einen Stock verschluckt. »La-la-la, let yourself go …«

»You gotta give a little«, sang er, »live a little …« Er sagte: »Virginia, darf ich bitten?«

»Psst, wir haben sie endlich zum Schlafen gebracht. Bitte, stell das Radio leiser. Leise. Totenstille, John Raftery.«

»Lass mich deinen Abwasch machen, Virginia.«

»Sei nicht albern, du bist Gast in meinem Haus«, sagte ich. »Ich betrachte dich immer noch als Gast.«

»Ich will was für dich tun, Virginia.«

»Sag mir, ich bin die Tollste«, sagte ich, den Arm bis zum Musikantenknochen in Abwaschbrühe getaucht.

Er antwortete nicht. »Ich habe ziemlichen Ärger auf der Arbeit« war alles, was er sagte. Dann hörte ich, wie er den Stuhl zurückschob. Er trat hinter mich, legte die Arme um meine Taille und küsste mich auf die Wange. Er drehte mich herum und nahm meine Hände. »Ein alter Freund ist mehr wert als Rubine«, sagte er und schaute mir in die Augen. Er versuchte, ehrlich zu sein, und ich schaute ihn auch an. Dann gab er mir einen kurzen braven Kuss auf den Mund.

»Bitte setz dich, Virginia«, sagte er. Er kniete sich vor mir hin und legte den Kopf in meinen Schoß. Von so viel Bemühen war ich gerührt. Dann schaute er zu mir hoch – er war betrunken –, und als wollte er mir die lebenslange Ehe antragen, erbot er sich, seine unsterbliche Seele zu gefährden, um mich zu trösten.

Zuerst sagte ich: »Wie nett«, dann sagte ich: »Nein.«

Es tat mir leid für ihn, aber er ist fromm, Leiter des Väterclubs in seiner Kirche, engagiert sich in der Gemeinde für alle wohltätigen Zwecke, Waisen usw. Ich wusste, wenn er länger blieb, um mich zu lieben, würde er das nicht leichtfertig tun, es am Ende aber zutiefst bereuen und sein langes Leben ruinieren. Die Verantwortung dafür läge dann bei mir.

Deshalb sagte ich nein.

Außerdem hat Barbie immer so einen leichten Schlaf, und ich dachte, das fehlte ja noch, dass sie aufwacht, hier hereinwandert und sieht, wie ihre Mutter und deren neuer Freund John mit den Hosen um die Knie auf dem Küchentisch miteinander ringen. Ein solcher Anblick konnte ein Kind für sein Leben prägen.

Ich sagte nein.

Alle in diesem Haus sind irrsinnig neugierig. An dem Abend musste ich nein sagen.

Doch John kam trotzdem am vierten Donnerstag wieder zu Besuch. Dieses Mal brachte er die abgelegten Kleider von Margarets Töchtern mit, Kleider aus Organdy für gut und welche aus Baumwollsatin für alltags. Er bewunderte Barbara und Linda ein wenig und verdrehte zur Untermalung von ein paar Dutzend Ooohs und Aaahs seine blauen Augen.

Selbst Philip, der der Meinung ist, Gott habe ihm nur eine bestimmte Anzahl »Guten Tags« mitgegeben und die solle er sich besser für das Jüngste Gericht aufheben, selbst er schmiegte sich an John und sagte: »Warum bringst du nicht mal deinen Jungen mit, damit ich mit ihm spielen kann? Ich habe niemanden zum Spielen.« (Philip lügt: In diesem Haus gibt es mindestens siebenundzwanzig Kinder, von blassrosa bis mittelbraun; sie sprechen Englisch und rattern Spanisch, raue, schlaue Jungs, die gefährlichen Kumpane des Lone Ranger oder Supermouse-Doppelgänger. Wenn ein Junge einen Freund wollte, konnte er sich den sofort unter seinen Nachbarn aussuchen.)

Girard wiederum war kalt wie ein Fisch. Er war einsam und verzweifelt. Manchmal schaute er in den Spiegel und sagte: »Wieso hab ich bloß so ein hässliches Gesicht? Meine Nase ist komisch. Die meisten Leute mögen mich nicht.« Obendrein log er. Girard hat ein Gesicht wie sein Vater. Seine Augen haben die Farbe der kleinen blauen Pflaumen im August. Er sieht aus wie aus einer Illustriertenwerbung. Er könnte ein Kinderfotomodell sein und viel Geld verdienen. Er ist mein erstes Kind, und wenn er glaubt, er ist hässlich, na, dann bin ich es allemal.

John sagte: »Ich ertrage es nicht, wenn ich sehe, wie

sich ein Junge so hängen lässt ... Was sagen denn die Nonnen in der Schule?«

»Dass er nicht aufpasst, mehr nicht. Man kriegt nicht viel aus ihnen raus.«

»Der Mittlere von meinen Jungs war auch so«, sagte John. »Hat sich für nichts interessiert. Ach, ich wünschte, der Job würde mir nicht so viele Kopfschmerzen bereiten. Ich würde Girard am Kragen packen und dafür sorgen, dass er die Welt zur Kenntnis nimmt. Ich wünschte, ich könnte ihn hinaus nach Jersey einladen, da ist so viel Platz, wo er spielen könnte.«

»Warum tust du es denn nicht?«, sagte ich.

»Nanu, Virginia. Ich bin überrascht, dass du nicht weißt, warum nicht. Dir muss doch klar sein, dass ich deine Kinder nicht mitnehmen kann, damit sie meine kennenlernen.«

Ich spürte Arthritis in den Rippen – lang und heftig.

»Meine Mutter ist die Komische, Virginia.« Offenbar musste er weiter auf dem Thema herumreiten. »Ich weiß nicht. Ich glaube, ihr gefällt der Gedanke, Margaret zu ärgern. Sie sagt: ›Gehst du hoch, John?‹ ›Ja, Mutter‹, sage ich. ›Benimm dich, John‹, sagt sie. ›Der Mann von ihr könnte nach Hause kommen und dich zu Hackfleisch machen. Du bist Katholik, John‹, sagt sie. Aber jetzt hab ich's kapiert. Ihr gefällt einfach der Gedanke, dass ich im Haus bin. Ich schwör's dir, Virginia, sie wünscht mir alles Glück.«

»Ich auch, John«, sagte ich. Wir tranken ein letztes

Glas Bier, damit wir ruhig schlafen konnten. »Gute Nacht, Virginia«, sagte er und verknotete den Schal ordentlich unterm Kinn. »Mach dir keine Sorgen. Ich denke darüber nach, was man mit Girard machen könnte.«

Ich legte mich in das große Bett, in dem ich mit den Mädchen zusammen in dem kleinen Zimmer schlafe. Ausnahmsweise einmal schlief ich problemlos ein. Ich musste mir nur über Linda und Barbara und Philip Sorgen machen. Es war eine große Erleichterung für mich, dass John das Nachdenken über Girard übernommen hatte.

John meinte es ehrlich. Das stimmt. Er kümmerte sich sehr um Girard und entlockte ihm alle seine geheimen Kümmernisse: Er sorgte dafür, dass er in eine wilde Gang von Pfadfindern kam, die einmal in der Woche in die Bronx gingen, um Dampf abzulassen. Er schenkte ihm einen Stabilbaukasten. Und manchmal, wenn seine Familie es nicht hörte, betete er ausgiebig für ihn.

Eines Sonntags sagte Schwester Veronica mit ihrer honigsüßen Stimme aus einem anderen Leben: »Er ist nicht schlimmer geworden. Vielleicht sogar ein bisschen braver. Wie geht es *Ihnen*, Virginia?« Sie legte eine Hand auf meine. Alle hier tun so, als wüssten sie alles.

»Gut«, sagte ich.

»Wenn es stimmt, dass Girard sich bessert, sollten wir mit Philip anfangen«, sagte John.

»Du hättest Sozialarbeiter werden sollen, John.«

»Das ist vielen Leuten an mir aufgefallen.«

»Deine Mutter hat sich immer halb umgebracht wegen dir, wie kommt es, dass sie sich nicht stärker ins Zeug gelegt hat, damit du zum College konntest? Wie wir es für Thomas gemacht haben?«

»Also, sei nicht ungerecht, Virginia. Sie ist eine arme alte Frau. Mein Vater hat nie viel mit nach Hause gebracht. Sie war auf meinen Lohn angewiesen, und ich sage dir, Virginia, ich bedauere es nicht. Schau Thomas an. Er lernt ja immer noch. Setz ihn in so einen Dschungel wie hier, und er wird gefressen. Mit dem wirklichen Leben ist er nie in Berührung gekommen. Ich dagegen hab ne schön große Familie, ein eigenes Haus, einen Namen in der Baubranche. Eins muss ich dir sagen, die arme alte Frau bedauert es. Einmal habe ich gesagt (nur ganz beiläufig, es ist Jahre her), dass ich dich vielleicht heirate. Da hat sie ein Messer in sich gestochen. Wirklich wahr. Nicht tiefer als drei Millimeter. Einen solch blutigen Sonntag hast du noch nicht erlebt. Aber ich sag dir was – du wärst ihr eine bessere Schwiegertochter gewesen als Margaret.«

»Mich heiraten?«, sagte ich.

»Hm, ja … Also – ich mochte dich immer, damals … Warum, meinst du, sitze ich jeden Donnerstagabend in dieser düsteren Küche? Herrje, das einzig Warme hier ist die Tasse Tee. Jawohl! Ich wollte dich heiraten, Virginia.«

»Im Ernst, John? Echt?« Das zu wissen war schön.

Besser spät als nie zu erfahren, dass man in seiner Jugend begehrt war.

Ich sagte es John nicht, aber ich hätte ihn nie geheiratet. Nachdem ich einmal meinen Mann mit seinem guten Aussehen und dem Funkeln in den Augen kennengelernt hatte, interessierte ich mich nur für ihn. So wild ich auch mit John und anderen gewesen war, jetzt schenkte ich all meine Wildheit ihm und war mir meiner Sache vollkommen sicher.

Doch seien wir ehrlich, dass mein Mann es im Leben nicht weit brachte, war meine Schuld. Asche auf mein Haupt, wie man so sagt. Ich begrüßte jeden jungen Tag mit einem Lied. Hatte für alle außer den Hausbesitzer ein freundliches Wort. Fragen Sie die Leute in unseren Block, alle, wie sie kommen und gehen – wenn sie mich sehen, müssen sie lächeln, sogar die Latinos mit ihren traurigen dunklen Gesichtern.

Auch für meinen Mann selbst wäre es besser gewesen, er hätte es – geldmäßig und im Leben überhaupt – zu mehr gebracht. Ich war glücklich, doch jetzt bin ich klüger und weiß, dass das falsch war. Glücklichsein ist für eine Frau gar nicht so schlecht. Sie wird runder, sie wird älter, sie könnte sich hinlegen und mit einer ganzen Schar Männer und kleiner Kinder schmusen, sie könnte vor Lust sterben. Aber Männer sind anders, sie müssen Geld besitzen oder berühmt sein, oder alle in der Straße müssen von den Kellertreppen zu ihnen aufschauen.

Eine Frau zählt ihre Kinder und wird überheblich, als hätte sie das Leben erfunden, doch Männer *müssen* in der Welt Erfolg haben. Ich weiß, dass Männer sich durch Glücklichsein nicht einlullen lassen.

»Ein komischer Typ«, sagte John, der erriet, wohin meine Gedanken abgeschweift waren. »Was hat ihn abgehalten? Er war doch nicht auf den Kopf gefallen. Und eins war komisch an ihm, Virginia, wenn ich das sagen darf. So weit oben war er gar nicht, aber absolut überzeugt, dass er das Recht hatte, auf uns alle herabzuschauen.«

»Er war sehr klug, John. Das ist dir nicht klar. Sein Hobby waren Kreuzworträtsel, und ich habe ihm hundertmal gesagt, wie auch viele andere hier, er sollte bei der ›64.000-Dollar-Frage‹ mitmachen. Warum nicht? Aber er lachte. Weißt du, was er gesagt hat? Er hat gesagt: ›Wenn du mich für klug hältst, beweist das nur, wie dumm du bist.‹«

»Ein komischer Typ«, sagte John. »Red dir alles von der Seele«, sagte er. »Sprich es aus, Virginia; das ist die einzige Möglichkeit, den Schmerz loszuwerden.«

Im Großen und Ganzen folgte ich der Aufforderung gern. Aber bestimmte brutale Bemerkungen, die konnte ich nicht erzählen. Mir war, als versuchte ich zurück in den trockenen Rachen eines Albtraums zu kriechen, wenn ich daran dachte, dass der letzte Tag, an dem ich glücklich war, irgendwann mitten in einer Woche im März war, als ich meinem Mann erzählte, dass ich mit

Linda schwanger war. Barbara war auf die Stunde genau fünf Monate alt. Die Jungen waren drei und vier. Ich musste es ihm sagen. Es war der letzte Tag, der überhaupt was Glückliches hatte.

Später sagte er: »Du kotzt mich dermaßen an, du bist so irrsinnig dick und fett, du siehst aus wie ein Brownstone mit deinem wuchtigen Vorbau.«

»Und wo gehst du heute Abend hin?«, fragte ich.

»Woher soll ich das wissen?«, sagte er. »Dein fetter Arsch belegt ja das ganze verdammte Bett«, sagte er. »Für mich ist kein Platz.« Er kaufte sich einen Schlafsack und schlief auf dem Boden.

Ich konnte es nicht glauben. Jeden Morgen versuchte ich es von Neuem. Ich konnte nicht glauben, dass er mich überhaupt nicht mehr mochte, ich war doch immer noch jung, und selbst seine Freunde mochten mich noch.

Aber so war es, er konnte mich nicht mehr ausstehen und war keineswegs mehr mein Freund. »Du denkst immer nur daran, Kinder zu machen. Die Bude hier stinkt wie das Männerklo in der U-Bahn. Sie ist ein scheiß Pissoir.« In dem Jahr nahm er es mit der Wahrheit ganz genau. »Der Junge frisst mehr als wir fünf zusammen«, sagte er. »Hör auf, dich vollzustopfen, du dämlicher Fettsack«, sagte er zu Philip.

Dann knöpfte er sich die Nachbarn vor. »Schafft mir die neugierige alte Schachtel vom Hals«, sagte er. »Wenn sie noch einmal mit ›meinem Sohn im Baugewerbe‹ ankommt, zerquetsch ich sie zu Katzenfutter.«

Dann nahm er Spielvogel auf den Kieker, den Hausmeister, seinen ältesten Freund, der nur an Feiertagen zu Besuch vorbeikam und (schüchtern, wie manche Junggesellen sind) nie mit mir sprach. »Das Arschloch soll mir nicht mit dem Freundschaftsscheiß ankommen, der ist bloß scharf auf dich. Das hat mir gerade noch gefehlt – dass ein kleiner Scheißer von dem hier die Luft verpestet.«

Und dann war niemand mehr da, den wir loswerden mussten. Wir waren allein, allein auf uns gestellt, standen wir einander gegenüber.

»Also, Virginia«, sagte er, »ich bin mit meinem Latein am Ende. Vor mir sehe ich nichts als eine schwarze Wand. Was zum Teufel soll ich tun? Ich habe nur ein Leben. Soll ich mich hinlegen und sterben? Ich weiß nicht mehr, was ich tun soll. Ich sag's dir ganz ehrlich, Virginia, wenn ich hierbleibe, dann kannst du nicht mehr anders, dann wirst du mich hassen …«

»Ich hasse dich jetzt schon«, sagte ich. »Deshalb mach, was du willst.«

»Ich werde hier verrückt«, grummelte er. »Ich weiß nicht, was ich hier machen soll. Aber ich will dir vorher noch ein Geschenk besorgen. Irgendwas.«

»Ich hab dir gesagt, mach, was du willst. Kauf mir eine Rattenfalle für Ratten.«

Und das war, als er in den Haushaltswarenladen ging und mit dem neuen Besen und der schicken Schaufel zurückkam.

»Neue Besen kehren gut«, sagte er. »Ich muss hier raus«, sagte er. »Ich werde verrückt.« Dann begann er die Seesäcke vollzustopfen, und ich wollte einkaufen gehen, wurde aber von Mrs. Raftery aufgehalten, die mir erzählen musste, was sie so wunderschön fand – den Tod –, und dann verpasste er mir den Kuss und trat irgendwo in eine Armee ein.

Von alldem erzählte ich John nichts, denn ich finde, dass eine Frau nicht gut dasteht, wenn sie ausplaudert, wie ein anderer Mann sie behandelt hat. Der Mann beginnt sie mit den Augen des anderen Mannes zu sehen, als wehrloses Opfer, als totale Niete. Schließlich verließ ich mich mittlerweile auf John. Alle Freunde meines Mannes waren nun Fremde, obwohl ich immer »Fühlt euch wie zu Hause« zu ihnen gesagt hatte.

Und die Familienväter im Haus guckten mich so verschlagen an, als hätten sie mich höchstpersönlich verlassen. Wenn sie mich auf der Treppe trafen, trugen sie mir die schwersten Einkäufe hoch oder halfen mir, Lindas Sportwagen runterzubringen, doch sie fragten mich nie etwas, das überhaupt einer Antwort wert gewesen wäre.

Außerdem hatten Girard und Philip den Mädchen die Wochentage beigebracht: Montag, Dienstag, Mittwoch, Johntag, Freitag. Einmal in der Woche warteten sie auf ihn, unter der Flurlampe, halb schlafend wie Käfer in der Sonne, saßen sie auf ihren kleinen Stühlen mit ihren Namen in Gold darauf, einem Geschenk meiner Schwiegermutter zu ihrer Geburt. Um Viertel nach acht kam er pünktlich, las eine Geschichte vor, teilte ein paar Küsse aus und packte sie ins Bett.

Doch eines Abends, nach einem langen Johntag, an dem sie mir die Ohren vollgekreischt hatten, nach einem verregneten Nachmittag, an dem Bruder ständig die Hand gegen Bruder erhoben hatte, an dem die Mädchen so weit waren, wegen des rechtmäßigen Besitzes von Melinda Lee, der lebensgroßen Laufpuppe, vor Gericht zu ziehen, klingelte es drei Mal an der Tür. Und nicht einmal begrüßte mich Johns Gesicht.

Es war mir zu peinlich, unten bei Mrs. Raftery vorbeizugehen, und sie war so schäbig, dass sie nicht an meine Tür klopfte und alles erklärte.

Er kam auch am folgenden Donnerstag nicht. Girard sagte traurig: »Er muss abgehauen sein, dieser John.«

Nach zwei Wochen Nichterscheinen und keinem Wort musste ich ihn aufgeben. Ich wusste nicht, wie ich es den Kindern beibringen sollte: Es ging natürlich um Richtig und Falsch, Güte und Schlechtigkeit, Männer und Frauen; ich kannte alles aus dem Effeff und konnte es jederzeit weitergeben. Ich fand auch, ich sollte ihnen Fehler und Wahrheit nicht vorenthalten. Wer weiß? Da fanden sie auf dieser Welt vielleicht treuere Freunde als ich. Ich brachte sie einfach ins Bett, setzte mich in die Küche und weinte.

Als ich bei meinem dritten Bier war und mir den Kopf darüber zerbrach, was ich als Nächstes tun sollte, fiel mir ein, dass ich bei *Strike It Rich* mitmachen könnte. Ich stibitzte mir Papier und Stift aus der Spielzeugkiste und schrieb alle meine Probleme auf; das musste man, um sich zu qualifizieren. Als die Liste vollständig war, hätte es selbst Gott die Tränen in die Augen getrieben, wenn er eine Minute Zeit gehabt hätte. Doch als ich sie noch einmal durchlas, wurde ich schon weniger bitter. Um zu überleben, müssen die Stärksten offenbar ein Interesse am Leben entwickeln, sei es gut, schlecht oder merkwürdig.

Wie stets, wenn man beginnt, sich selbst mit Plänen zu helfen, kommt was Neues aus einer anderen Richtung. Es klingelte an der Tür, zweimal kurz, zweimal lang – John.

Mein erster Gedanke war, die Kinder zu wecken, damit sie sich freuten. »Nein! Nein!«, sagte er. »Bitte, keine Umstände, Virginia, ich bin hundemüde«, sagte er. »Hundemüde. Mein Job bereitet mir teuflische Kopfschmerzen. Es ist zu viel. Es geht den lieben langen Tag und macht mir nachts den Kopf kaputt, und wer kriegt am Ende die Anerkennung?«

»Virginia«, sagte er, »ich weiß nicht, ob ich weiter kommen kann. Ich wollte es dir die ganze Zeit erzählen. Ich weiß es einfach nicht. Was soll es letztendlich alles? Könntest du mir das sagen, wenn ich dich fragen würde? Ich versteh es einfach nicht.«

Ich setzte einen Tee auf, denn als ich seine Finger berührt hatte, waren sie kalt. Ich sagte nichts. Ich versuchte, es von seinem Männerstandpunkt aus zu betrachten, und dachte, dass er, um mich zu besuchen, die Fahrt mit einem Bus und mehreren U-Bahnlinien auf sich nehmen und um ein Uhr nachts mit der U-Bahn und mehrmals Umsteigen und dem Bus wieder nach Hause zurückfahren musste. Er könnte sich ohne Probleme endgültig von uns trennen. Ich dachte über mein Leben nach, am meisten über meine Kinder. Wenn ich die Wahl hätte, zu dem Schluss kam ich, würde ich mich nicht für ein Leben ohne ihn entscheiden.

»Was ist das?«, fragte er und zeigte auf meine penible Liste mit den Problemen. »Schreibst du einen Brief?«

»O nein«, sagte ich, »es ist für *Strike It Rich*. Ich hoffe, dass ich in die Sendung komme.«

»Virginia, um Himmels willen«, sagte er und warf einen Blick darauf. »Du hast nicht die allergeringste Chance. Die lachen dich aus dem Studio. Die Leute da leiden wirklich.«

»Weißt du das genau, John?«, fragte ich.

»Ja, ich bin ganz sicher«, sagte er. »Hast du die Sendung jemals gesehen? Ich meine, zusätzlich zu all dem hier, den kleinen Widrigkeiten des Lebens« – mit einer verächtlichen Handbewegung tat er meine Liste ab –, »*leiden* sie. Sie leben mitten in den Tornadogebieten, ihr ganzes Leben wird von Überschwemmungen fortgespült – von Gott gesandte Katastrophen. Ach, Virginia.«

»Wirklich, John?«

»Aber natürlich …«

Traurig legte ich meine Liste weg. Wenn es schlimmer wurde, konnte ich ja immer noch darauf zurückkommen.

Nachdem das nun geklärt war, setzte ich eine frühere Entscheidung um. Ich stellte Johns Tasse mit dem kochend heißen Tee beiseite und schob mich auf seinen Schoß zwischen seine harte Gürtelschnalle und den Tisch. Ich schlang die Arme um seinen Hals und sagte: »Wie kommt's, dass du so kalt bist, John?« Er hat ein liebes Gesicht und wusste, wie man erstaunt guckt. Er sagte: »Aber, Virginia, mir wird ja schon wärmer.« Wir lachten.

In der Nacht wurde John mein Liebhaber.

Manchmal ist Mrs. Raftery von ihrem geheimen Vorrat an billigem Wein übel, und sie redet nur noch dummes Zeug. Sie erwartet, dass John ständig vorbeikommt. »Du sollst deine Mutter ehren, was ist los mit dir, John?«, nörgelt sie. »Ehren! Ehren!«

»Virginia, Liebes«, sagt sie. »Du hättest John nie mit nach Jersey genommen, wie Margaret. Ich wünschte, er hätte dich geheiratet.«

»Damals mochten Sie mich aber nicht besonders.«

»Das stimmt doch gar nicht«, sagt sie. Ich weiß, sie ist eine Heuchlerin, aber nicht schlimmer als der Rest der Welt.

Bemerkenswert finde ich, dass John sich keinen solchen Kopf macht, wie ich gedacht hätte. Ich kann immer noch kaum glauben, dass einem Mann, der jedes Jahr die Zehn Gebote als Weihnachtskarte verschickt, das Auf- und Zuknöpfen so leichtfällt.

Natürlich müssen wir sehr vorsichtig sein, damit wir weder die Kinder wecken noch die Nachbarn stören, die sich am Vergnügen anderer Menschen immer nur bis zu einem gewissen Grad mitfreuen. Danach macht die Lust sie wütend. Wir müssen auch wegen uns selbst sehr vorsichtig sein, denn wenn mein Mann zurückkommt und merkt, die Kinder sind in der Schule und alles ist leichter, dann verzeiht er mir nicht, dass ich wieder von vorn angefangen habe – es sind die lauten Lebenszeichen, an denen sich die Männer so stören.

Wir haben ihn seit zweieinhalb Jahren nicht gesehen. Obwohl die Leute mir dazu geraten haben, will ich nicht, dass die Polizei oder der Geheimdienst oder ein Privatdetektiv oder sonst wer ihn aufspürt und zurückbringt. Ich weiß, wenn er damit gerechnet hätte, für immer wegzubleiben, dann hätte er geschrieben und es gesagt. So aber muss ich immer darauf gefasst sein, dass er irgendwann, an einem x-beliebigen Abend, auftauchen könnte. Wenn ich manchmal um Mitternacht über einen Wahnsinnstraum stolpere, wache ich auf und stelle mir vor, wie er leise eintritt.

Er öffnet die Tür mit seinem alten Schlüssel. Er schaut mich streng an und sagt: »Hm, du siehst älter aus, Virginia.« »Du auch«, sage ich, obwohl er sich kein bisschen verändert hat.

Er setzt sich in die Küche, denn die Kinder schlafen in der ganzen Wohnung verteilt. Ich knote ihm den Schlips auf und biete ihm ein kaltes Sandwich an. Er klatscht mir auf den Hintern, mal gucken, wie elastisch er noch ist. Ich gehe um ihn herum, als sei er ein Maibaum, und küsse ihn dabei die ganze Zeit.

»Die Armee hat mir nicht besonders gefallen«, sagt er. »Das nächste Mal gehe ich vielleicht zur Handelsmarine.«

»Welche Armee?«, sage ich.

»Ach, die nehmen sich doch alle nichts«, sagt er.

»Das überrascht mich nicht im Geringsten«, sage ich.

»Verdammt, ich habe meinen Manschettenknopf verloren«, sagt er und geht zu Boden, um ihn zu suchen. Ich knie mich auch hin, obwohl ich weiß, dass er in seinem ganzen Leben keinen Manschettenknopf besessen hat. Doch ich würde immer noch viel für ihn tun.

»Na, da hab ich dich diesmal aber umgehauen«, sagt er und lacht. »O ja.« Und bevor ich es mir auf dem Tupfenlinoleum auch nur halbwegs bequem gemacht habe, legt er sich gleich dort auf mich, und um ehrlich zu sein, wir waren so glücklich, dass wir die Vorsichtsmaßnahmen vergaßen.

Unwiderruflich im inneren Kreis

Eines Tages im August, in einem stillen kleinen Vorort mit vielen Parks und teuren Autos, lernte ich, Charles C. Charley, ein Mädchen namens Cindy kennen. An dem Nachmittag trieben sich viele Cindys ziellos dort herum, doch meine war eine echte Einheimische mit flachsblondem Haar, das sich nie lockte (es hing glatt herunter). Als ich sie kennenlernte, hatte sie nämlich schon ein Ziel und sich bei ihrem Vater auf den Dachboden gelegt. Sie ruhte auf einem Feldbett, kein Kissen unter dem Kopf, rauchte eine Zigarette, die kerzengerade hoch stand, träge Schwaden. Sacht fiel Asche auf ihre Brust, die relativ neu und mit Polyester und ägyptischer Baumwolle bedeckt war und darauf wartete, sich beliebt zu machen.

Ich hatte gerade eine Klimaanlage installiert, 20 Prozent runtergesetzt, weil Ende der Saison. Damit verdiene ich mir meinen Lebensunterhalt. Ich bringe Erleichterung in ungesunde Küchen und schwüle Schlafzimmer. Leute, die versucht haben, nur mit Durchzug zu leben, haben mir gedankt.

Im Erdgeschoss funktionierte die Anlage – mit Garantie – absolut perfekt. Oben lag diese Cindy am totesten Punkt eines Augusttages unter einer niedrigen, nicht verkleideten Decke. Ihre Stirn war feucht, der Mund zwischen zwei Zügen an der Zigarette leicht geöffnet, das wütende, verschwitzte Gesicht kaum geschminkt, außer um die Augen, aber sehr wohl gepflegt, die Wangen geschrubbt, die Augenbrauen gebürstet, ein Depot von lebenslanger Vitaminzufuhr, die strahlende Tochter eines soliden Vermögens.

»Ist Ihnen nicht heiß?«, erkundigte ich mich.

»Ich koche«, sagte sie.

»Warum bleiben Sie hier oben?«, fragte ich, ganz der nette Kerl von nebenan.

»Das ist meine Sache«, sagte sie.

»Ach, kommen Sie, Mädel«, sagte ich, »seien Sie nicht grantig.«

»Was geht Sie das an?«, fragte sie.

Ich nahm ihre Zigarette und zerquetschte sie zwischen Zeigefinger und Daumen. Dann schaute sie mich an und sah mich als das, was ich war, kein Nullachtfünfzehn-Gewerkschaftsdödel, sondern eine durchaus angenehme Art, fünf Minuten zu verbringen.

»Wie heißen Sie?«, fragte sie.

»Charles«, sagte ich.

»Ist das Ihre Firma? Sind Sie der Chef?«

»Aber immer«, sagte ich.

»Hören Sie, Charles, als Sie noch in der Highschool waren, wussten *Sie* da schon genau, für was Sie sich interessierten?«

»Ja«, sagte ich. »Mädchen.«

Sie drehte sich auf die Seite, damit wir das von Angesicht zu Angesicht ausdiskutieren konnten. Ich beugte mich vor, um ihr entgegenzukommen. Sie lächelte. »Charles«, sagte sie, »ich bin fast fertig mit der Schule, und ich kann mich nicht mal entscheiden, was ich im College machen will. Ich will auch eigentlich gar nichts werden. Ich weiß nicht, was ich tun soll. Was meinen Sie, was ich tun soll?«

Ich gab ihr eine ernsthafte Antwort, ein paar Brocken Weisheit. »Zuallererst, lassen Sie sich von niemandem drängen. Niemand soll meinen, er könnte Ihnen was vormachen. Die meisten Leute könnten eine Million Jahre Zeit haben und wüssten nicht, was sie wollen. Sie werden einfach irgendwas.«

Sie hob eine goldene Braue. »Meinen Sie, Charles? Sind Sie sicher? Sagen Sie, wie alt sind Sie eigentlich?«

»Zweiunddreißig«, erwiderte ich so schnell, wie es in den Tropen Nacht wird. »Zweiunddreißig«, sagte ich noch einmal, um mich zu vergewissern, denn ich hatte die drei vergeudeten Jahre in der Armee ebenso abgezogen wie die ersten beiden Jahre meines Lebens, an die ich mich ohnehin nicht erinnern kann.

»Sie wirken älter.«

»Ist zweiunddreißig nicht alt genug? Ist es zu alt?«

»Nein, nein, Charles, ich mag keine Jungs. Ich finde sie meist langweilig. Sie haben zu nichts eine Meinung, die anzuhören sich überhaupt lohnt. Sie halten sich für die Größten. Sie tanzen nicht mal besonders gut.«

Sie ließ sich auf den Rücken fallen und die Arme zu beiden Seiten des Feldbetts herunterbaumeln. Den Blick zur Decke gerichtet, fuhr sie fort: »Und lassen Sie sich noch was gesagt sein: Sie können nicht mal küssen.«

Da küsste ich, Charles C. Charley, sie sacht einmal auf die Nasenspitze, im Spaß, wenn ich einen Eid darauf leisten müsste.

Darauf reagierte sie mit der Frage: »Bist du zufällig verheiratet?«

»Nein«, sagte ich. »Du?«

»Also, Charles«, sagte sie, »wie könnte ich verheiratet sein? Ich bin ja noch nicht mal mit der Schule fertig.«

»Du bist wahrscheinlich in der vorletzten Klasse«, sagte ich und leckte mir die Lippen.

»Ach, Charles, das meine ich ja«, sagte sie. »Wenn du ein Junge wie Mike oder Sully oder sonst jemand wärst, würdest du verrückt. Immer wenn sie mich küssen, tun sie, als würde sich ihr ganzes Leben verändern. Ehrlich, Charles, immer wenn man gerade in Stimmung kommt, geraten sie außer Atem. Sie niesen, hören mittendrin auf und erzählen einem einen schmutzigen Witz.«

»Na so was!«, sagte ich. »Wie wär's, wenn du mal einen über sechzehn ausprobierst?«

»Na, na, na, nicht so kess«, sagte sie fröhlich, gelassen. »Überhaupt, rede leiser. Besser, du flüsterst. Wenn mein Vater nach Hause kommt und bloß hört, dass ich vom Küssen spreche, bringt er uns beide um.«

Ich lachte. Meine kleinen Bewunderungsanlagen hatten angefangen zu surren, und ich kriegte gar nicht mit, was sie gemeint hatte.

Dafür fiel mir auf, dass alles an dieser Cindy neu und unbenutzt war. Ihre Teile, sichtbar oder eingepackt, waren fertig zum Herzeigen. All die überdimensionalen Knochen der Kindheit und des Alters lagen eingebettet in behaglich festem Mädchenfleisch.

Ich bot ihr eine Zigarette an. Dann stand ich auf und ging, mich unter den Dachsparren bückend, an dem Feldbett auf und ab. Sie hielt ihre frische Zigarette hoch und betrachtete sie mit Schielaugen. Die Asche fiel herunter, kleine feine Federn. Ich beugte mich vor, bis ich gerade nah genug war. Und blies sie alle weg.

Ich überlegte, ob ich um göttliche Führung bitten sollte, ganz im Einklang mit der großen geistigen Wiedergeburt unserer Zeit. Aber in dieser Art von Entscheidungen bin ich total ungeschickt. Ich fragte mich, ob ich, als Gottes Geschöpf unter dem Firmament, das Recht hatte, einem Ereignis, einem unausweichlichen Geschehen, aus dem Weg zu gehen, ob ich eine Erfahrung oder selbst die leiseste Möglichkeit dazu ausschlagen durfte.

Ich zündete Cindy die Zigarette wieder an. Dann sagte ich, ohne hin- und herzulaufen, wie der letzte Tölpel: »Hör mal, Cindy, was meinst du, kriegst du

Ärger mit deiner Familie, wenn wir uns mal treffen? Ich würde gern einen netten langen Abend mit dir verbringen. Ich habe seit Ewigkeiten mit niemandem in deinem Alter gesprochen. Oder wir könnten schwimmen gehen, tanzen, was weiß ich. Aber ich will nicht, dass du Ärger kriegst. Würde es was nützen, wenn *ich* deine Mutter frage? Meinst du, sie würde es dir erlauben?«

»So weit kommt's noch«, erwiderte sie. »*Mir* sagt niemand, mit wem ich ausgehe. Niemand. Ich habe einen neuen Badeanzug, Charles. Ich würde sehr gern schwimmen gehen.«

»Ich wette, du siehst wie ein Kartoffelsack darin aus.«

»Ach, Charley, mach keine Witzchen.«

»Okay«, sagte ich. »Aber nenn mich nicht Charley. Charley ist mein Familienname. Charles mein Vorname. Und in der Mitte ein ›C‹. Charles C. Charley, das bin ich.«

»Okay«, sagte sie. »Ich heiße Cindy.«

»Das weiß ich«, sagte ich.

Dann sagte ich Auf Wiedersehen und verließ sie. Fast ertrunken in Schweiß, immer noch liegend, rauchte sie wieder eine Zigarette und betrachtete verträumt einen Balken, an dem ein altes Puppenhaus mit vier Schlafzimmern im Obergeschoss hing.

Draußen entbot ich dem ganzen Haushalt, vom Partykeller bis zum weitläufigen Dachgeschoss, übermütig meine Ehrerbietung. Ich sprang auf meinen

Dreiradroller und fuhr zu weiteren noblen Akten der Barmherzigkeit in dem von Platanen übersäten Teil dieses fetten Landes.

Am nächsten Samstag brachte ich Cindy um vier Uhr morgens zu ihrem Achtzimmerhaus mit zweieinhalb Badezimmern. Mrs. Graham wartete. Sie schaute mich überhaupt nicht an, sondern begann zu weinen. Schniefte und hörte auf zu weinen. »Cindy, es ist so spät. Daddy ist zur Polizei gegangen. Wir hatten Angst um dich. Er will mit dem Diensthabenden sprechen.« Dann wartete sie, untröstlich. Vor ihren eigenen Augen hatte die Freundin, die sie seit Jahren großzog, die verjüngende Vertraute, sie verlassen. Sie tat mir leid, ich fand, Cindy sollte ihr was Kaltes zu trinken holen. Ich hätte gern gesagt: »Keine Sorge, Mrs. Graham, ich hab das Mädchen nicht geschwängert.«

Aber Cindy wurde stinkwütend. »Ich hab den Scheiß satt!«, brüllte sie. »Diese Herumkommandiererei steht mir bis hier. Jedes Mal, wenn ich ein bisschen später nach Hause komme, ruft ihr die Polizei. Das ist das dritte Mal, das dritte Mal. Du und Daddy, ihr kotzt mich an. Ich hasse dieses Haus. Ich hasse es, hier zu leben. Das habe ich euch schon letztes Jahr gesagt. Ich hasse es hier. Dieses Haus kotzt mich an und die lahm-arschigen Pseudo-Züge und keine Busse, und ich hab keinen Führerschein. Ich hasse die Jungs und Mädchen hier. Das sind alles Idioten. Ihr verfolgt mich auf Schritt und Tritt. Ich hasse euch beide. Ich wünschte, ich wär in China.« Sie stampfte dreimal mit dem Fuß auf, dann rannte sie hoch in ihr Zimmer.

Auf diese Weise entwischte sie ihrem Vater, der sich knurrend an mir, der ich immer noch in der Tür stand, vorbeischob. Ich tröstete gerade Mrs. Graham. »Sie wissen ja, die Pubertät ist eine sehr schwierige Phase …« Doch Mr. Graham unterbrach mich. Er schaute zurück, sah, dass ich es wirklich war, und drehte sich mannhaft um, um es mir ins Gesicht zu sagen. »Sie Arschloch, wo zum Teufel waren Sie?«

»Kein Grund zur Aufregung, Mr. Graham. Wir haben nur eine Bootstour gemacht.«

»Du rufst besser bei der Polizei an und sagst ihnen, dass Cindy nach Hause gekommen ist, Alvin«, sagte Mrs. Graham.

»Wohin?«, sagte er. »Durch Greenwich Village?«

»Nein, nein«, sagte ich ganz sachlich. »Ich bin mit Cindy nach Pottsburg hinausgefahren – das ist einer der Vergnügungsparks gegenüber vom Hafen. Die Fahrt dauert zwei Stunden. Auf dem Schiff kann man tanzen. Für die Rückfahrt haben wir es verpasst und mussten zwei Stunden warten und haben dann natürlich auch die Bahn verpasst.«

»Das Schiff fährt direkt nach Pottsburg?«

»Ja, ja«, sagte ich.

»Alvin«, sagte Mrs. Graham, »bitte ruf bei der Polizei an. Sie suchen bestimmt schon in der ganzen Stadt.«

»Schon gut, schon gut«, sagte er. »Wo ist Cynthy Anne?«

»Schläft wahrscheinlich«, sagte Mrs. Graham. »Bitte, Alvin.«

»Ja doch«, sagte er. »Geh du auch rauf, Ellie. Los, geh, keine Widerrede. Geh rauf, geh schlafen. Ich will mit dem Herrn – wie heißt er noch gleich? – ein paar Worte wechseln. Jetzt geh, Ellie, bevor ich sauer werde.«

»Nun zu Ihnen«, sagte er, an mich gewandt. »Gehn wir in mein Arbeitszimmer.« Mit einer fleischigen Schulter deutete er dorthin. Er ließ mir den Vortritt.

Ich konnte ihn im Dämmerlicht um vier Uhr morgens nicht richtig sehen, aber ein ungefähres Bild kriegte ich schon. Er war groß, ein paar Jahre älter als ich, ein Mann, der ein bisschen mehr Geld und Status als ich und so viel Ansehen in seinem Viertel hatte, dass er zum Monument erstarrt war. Aber jetzt konnte er nur in seinem eigenen Wohnzimmer herumbrüllen wie ein Stier, während die Reifröcke um ihn herumflatterten.

»Weißt du, Freundchen«, sagte er und beugte sich nicht unliebenswürdig vor, »wenn du dich nicht von dem Kind fernhältst – ja, wenn ich dich jemals wieder mit ihr sehe –, dann heb ich dieses Knie« – er deutete darauf – »und du kriegst es ab.«

»Was habe *ich* denn gemacht?«

»Nichts hast du gemacht, und du wirst auch nichts machen. Halt dich fern … Hör zu«, sagte er, im Vertrauen, von Mann zu Mann. »Sie ist doch gar nichts für dich. Sie ist ein Kind. Sie hat von Tuten und Blasen keine Ahnung.«

Ich schaute ihn an. Glaubte er das wirklich? Dem entspannten Ausdruck auf seinem Gesicht und dem aufrichtigen Blick in seinen Augen nach zu urteilen musste ich mir sagen, ja, er glaubte es.

»Mr. Graham«, sagte ich, »ich habe Cindy gestern an Ihrer eigenen Haustür abgeholt. Ihre Frau hat mich kennengelernt. Ich bin nicht auf die krumme Tour gekommen.«

»Erzähl keinen Scheiß«, sagte er.

»Gut, in Ordnung, Mr. Graham«, sagte ich. »Ich bin der Letzte, der hier eine Szene heraufbeschwören will. Was soll ich tun? Was wollen Sie?«

»Ich will dich hier nie wieder sehen.«

Ich tat so, als dächte ich darüber nach. Was ich tun musste, war allerdings klar. Bis zum Morgen mindestens zwei Stunden schlafen. »Vorschlag, Mr. Graham. Ich bin der Letzte, der eine Szene machen will. Dann treff ich mich eben nicht mehr mit Cindy. Aber eines sollten wir tun ... von ihrem Standpunkt aus gesehen. Was mit mir ist, ist scheißegal ...«

»Scheißegal, jawohl«, sagte er. »Und das wäre?«

»Ich fände eine kurze Mitteilung schon angebracht, einen kleinen Brief, der alles erklärt. Ich will nicht, dass sie meint, ich mag sie nicht. Bei jungen Leuten in dem Alter muss man aufpassen. Sie sind sensibel. Ich würde ihr gern schreiben.«

»Na gut«, sagte er. »Eine gute Idee, Charley. Erledigen Sie die Kleinigkeit, und dann sind wir von mir aus quitt. Ich weiß, wie's auf der Ersatzbank ist, Junge. Kalt. Ich werf Ihnen nicht vor, dass Sie es versucht haben. Aber das Mädchen hat eine Familie, die auf sie aufpasst. Und ich sag Ihnen noch was. Ich bin die Sorte Vater, die sich nicht schämt, sie windelweich zu prügeln, wenn es sein muss, da kann das *Ladies Home Journal* von mir aus in seine Limo heulen. Alles klar?«, fragte er und stand auf, um die Sache zu beschließen: »Alles in Ordnung?«

»Ich bin hundemüde«, sagte er freundlicher. Dann mit einem letzten Knurren zu dem flüchtigen Fremden: »Aber du lässt dich in diesem Viertel besser nicht mehr blicken.«

»Na, bis dann«, sagte ich und flüchtete hoffentlich aus seinem Leben. »Und nehmen Sie keine Wollkondome.« Als er herausgerannt kam, war ich schon weg.

Zwei Tage später saß ich friedlich in meinem kleinen Büro im Schatten einer sterbenden Platane. Ich hatte drei Aufträge zu erledigen, vertraglich festgeklopft, zahlbar sofort und in bar, und wenn ich nicht so ein cooler Typ wäre, hätte ich zur Belohnung gleich einen draufgemacht. Ich las ein Büchlein mit dem Titel *Menschen im Mittelalter*, das mir sehr gefiel, weil ich mich für den Menschen als Menschen interessiere. Es ist ein Hobby von mir. (Ich hätte Psychologe werden sollen.

Ich kann zuhören.) Ich aß ein belegtes Baguette. Über meinem Kopf prangte ein goldenes Schild mit der Aufschrift »Prima Klimaanlagen – Hoch in den luftigen Bergen, unten im rauschenden Tal, wo Menschen für Menschen bauen, ist Prima Klima überall«.

Das Telefon klingelte mit halber Lautstärke. Es war Cindy, der ich ein freudiges Hallo entbot, doch sie weinte. Dreimal sagte sie: »Ach, es tut mir leid. Ach, es tut mir leid. Ach, es tut mir leid.«

»Mir auch, Süße.« Ich überlegte, wie ich sie trösten konnte. »Aber weißt du, es steckt auch eine gewisse Gerechtigkeit darin. Dein Daddy plant wirklich eine wundervolle Zukunft für dich.«

»Nein, Charles, darum geht es gar nicht. Du weißt nicht, was passiert ist. Charles, es ist schrecklich. Es ist alles meine Schuld: Er will dich in den Knast bringen. Aber er hat mich so wütend gemacht ... Es ist meine Schuld, Charles. Er ist verrückt, er meint es ernst.«

Mein blasses Spiegelbild in der farblosen Fensterscheibe erbleichte. »Okay«, sagte ich. »Hör auf zu weinen. Erzähl mir, was Sache ist.«

»Ach, Charles ...«, sagte sie. Dann schilderte sie die Ereignisse des Vorabends. Hier sind sie. Wie Cindy sie mir selbst wortwörtlich erzählt hat.

»Cindy«, sagte Mr. Graham, »ich will nicht, dass du dich mit so einem Mann herumtreibst – beinahe alt genug, um dein Vater zu sein.«

»Himmelherrgott, Daddy, er ist sehr nett. Ein wunderbarer Tänzer.«

»Es gefällt mir nicht, Cindy. Absolut nicht. Es gefällt mir nicht mal, dass du mit ihm tanzt. Es gibt vieles, was du über Menschen und alles Mögliche sonst noch nicht weißt, Cindy. Ich mag nicht, dass du mit ihm tanzt. Ich finde es nicht mal in Ordnung, dass ein Mann in seinem Alter den Arm um einen Teenager wie dich legt. Du weißt, ich will nur das Beste für dich, Cindy Anne. Ich will, dass du ein erfülltes, erfolgreiches Leben führst. Wenn du mit ihm befreundet bleibst, selbst wenn das so harmlos und nett ist, wie du behauptest, ist das nicht gut für dein Weiterkommen. Ich will, dass du studierst und dich mit Burschen in deinem Alter amüsierst, mit ihnen tanzt, und du könntest dich ja auch mal verlieben oder so … Derart dumm und blind bin ich nicht. Ich war auch mal jung.«

»Ach, Daddy, Himmelherrgott, du stehst doch immer noch voll im Saft.«

»Das will ich hoffen, Cindy. Aber was ich dir sagen will, Schätzchen, ist, dass ich diesen Mann, Charles, gebeten habe, sich von dir fernzuhalten und dir einen netten Brief zu schreiben, und damit war er auch einverstanden, denn schließlich bist du ein sehr hübsches Mädchen, und oft lassen sich Leute dazu verleiten, etwas zu tun, was sie nicht wollen, ganz egal, wie nett sie sind.«

»Du hast ihn gebeten wegzubleiben?«

»Ja.«

»Und er war einverstanden?«

»Ja.«

»Hat er gesagt, er würde sich verleiten lassen?«

»Hm ...«

»Hat er *gesagt*, er würde sich verleiten lassen?«

»Hm, eigentlich hat er gesagt ...«

»Er war mir nichts, dir nichts einverstanden? Ist nicht mal wütend geworden? *Wollte* mich nicht mal wiedersehen?«

»Er schreibt dir, Schatz.«

»Er schreibt mir? Er hat gesagt, dass er mir schreibt? Mehr nicht? Für wen hält er mich? Eine Idiotin? Eine blöde Kuh? Ein Schwachköpfchen aus der West Main Street? Was bildet er sich ein, wie er da rauskommt? Der fette Penner ... Für wen hält er mich? Und er *wollte* mich nicht mal wiedersehen? Er schreibt mir?«

»Cindy!«

»Das ist alles? Mehr wollte er nicht von mir? Er schreibt mir einen Brief? Daddy ... Daddy ...«

»Cindy! Was ist letzte Nacht passiert?«

»Warum steckst du deine Nase in meine Angelegenheiten? Erlebst du nie was? Mir ging's einfach mal fünf Minuten gut. Warum sitzt du immer nur im Haus und steckst die Nase in meine Angelegenheiten?«

»Cindy, hast du mit dem Mann rumgemacht?«

»Warum kannst du mich nicht mal fünf Minuten lang in Ruhe lassen? Wirst du nicht gerade irgendwo anders gebraucht? Was willst du von mir?«

»Cindy.« Er packte sie am Handgelenk. »Cindy! Antworte mir jetzt sofort. Hast du?«

»Hör auf zu brüllen. Ich bin nicht taub.«

»Cindy, hast du mit dem Mann rumgemacht? Antworte mir!«

»Lass mich in Ruhe«, schrie sie. »Lass mich einfach nur in Ruhe.«

»Du antwortest mir jetzt sofort«, brüllte er.

»Du kriegst schon deine Antwort«, sagte sie. »Ich habe nicht rumgemacht. Ich habe Ernst gemacht. Du willst es ja wissen. Ich habe nicht nur so getan. Ich bin nach oben gegangen, wo das Rettungsboot ist, und hab mich flach daruntergelegt und es mit Charles getrieben.«

»Was getrieben?« Ihr Vater schnappte nach Luft.

»Und ich habe mein blaues Kleid versaut«, kreischte sie. »Und du bist so dämlich, dass du es nicht mal gemerkt hast.«

»Dein blaues Kleid?«, fragte er und wagte aus Angst vor der Antwort kaum zu atmen. »Cindy Anne, warum?«

»Weil ich es wollte. Ich wollte es.«

»Was?«, fragte er vollkommen baff.

»Ich wollte es, Daddy«, sagte sie.

»O mein Gott!«, sagte er. »Mein Gott, mein Gott, womit hab ich das verdient?«

Als Mrs. Graham eine halbe Stunde später vollbeladen mit Leckerbissen aus dem KrissKross-Einkaufszentrum zurückkam, weinte Cindy in der Küche, und im Fernsehzimmer saß Mr. Graham in seinem roten Kunstledersessel, Augen geschlossen, blutleere Lippen, und flüsterte: »Das ist Unzucht mit Minderjährigen ... Entziehung einer Minderjährigen ...«

Cindy, mein kleiner Kumpel, kam mit breitem rotem Lächeln den Gang im Gerichtssaal hinuntergeschlendert, gut Freund mit dem ganzen Gericht. Um das Bild zu vermitteln, dass sie wirklich eine jugendliche Hure war und ich nicht verantwortlich, wackelte sie ein bisschen mit dem Po. Keiner nahm es ihr ab. Ganz offensichtlich war sie nur die irregeleitete Tochter einer Pfadfinderin.

Ich wiederum hatte eingesehen, dass mein Schicksal grundsätzlich und mit eiserner Strenge besiegelt war. Alles klar, alles klar, sagte ich der Welt und überwand, den Blick nach innen gerichtet, meine Phobie vor Einkerkerung. Falls eine Phase der Selbsterkenntnis unter spartanischen Bedingungen angesagt war, war ich bereit, die Tatsache zu akzeptieren, dass diese mysteriöse Entscheidung des Allmächtigen Wunder wirken würde. (Nehru verfasste meines Wissens die meisten seiner Bücher im Gefängnis.) Glauben Sie nicht, dass ich in irgendeiner Weise fromm bin. Man hat mir keine Vorstellung von Ihm eingeflößt: Größe, Gestalt oder wie hoch der IQ.

Resignation gut und schön, doch peinlich berührt

war ich von dem plötzlichen Auftreten meiner Mutter, die von den Lokalzeitungen aus dem Haus gescheucht worden war. Sie saß so dicht bei mir, wie es die Einrichtung des Gerichtssaals erlaubte, und murmelte, wann immer es passte: »Sie ist ein Flittchen«, oder: »Du bist ein Idiot.« Als man uns endlich erlaubte, miteinander zu sprechen, sagte sie: »Was bist du für ein wilder Indianer geworden, Charles.«

Machte sie Witze? War sie stolz? Warum war sie überhaupt hier? Ich, Charles C. Charley, atemlos und verschreckt, bin nicht mehr das Baby, das halb erstickt unter ihrer linken Titte liegt. Ich bin nicht mehr der Junge, der jeden Abend am Fabriktor auf sie wartet. Ich bin nicht mal mehr der GI, der sie mit Mitbringseln aus einer italienischen Kirche beglückt.

»Was für ein Junge war Ihr Sohn?«, fragte mein dämlicher Anwalt. Sie kniff die Augen zusammen und schaute ihn an, Schweigen erklang von ihrem dicken Gesicht. »Ich habe gefragt, Mrs. Charley, was für ein Junge Ihr Sohn war?«

Nach ein paar entrückten Momenten erwiderte sie: »Ich weiß nicht viel über meine Jungs, über keinen; sie verblüffen mich immer wieder.« Dann schloss sie die Lippen, faltete die Hände und gab keinen weiteren Kommentar zum Thema ab.

Mein Rechtsbeistand, wirklich eine komplette Niete, versuchte ein Milieu familiären Irrsinns darzustellen, dem ich nie im Leben unbeschadet hätte entkommen können. »Das ist ja doch ein komischer Name, in Verbindung mit dem Familiennamen, Charles C. Charley, Mrs. Charley. Wie kam es zu dieser Namensgebung?«

»Wie heißen Sie, Sir?«, fragte meine Mutter höflich.

Bubenhaft grinsend erwiderte er: »Edward Johnson, Ma'am.«

»Ha! Ha! Ha!«, sagte meine Mutter.

Als ich an der Reihe war, fragte er: »Und waren Sie denn in die junge Miss Graham, diese flirtfreudige junge Dame, nicht verliebt, als Sie den Kopf verloren? Kein bisschen?«

»Allgemein ausgedrückt«, erwiderte ich, »schwingt in der körperlichen Vereinigung Liebe mit. In der westlichen Literatur spricht man vom Liebesakt.«

»Das stimmt«, sagte er, erweckte aber nicht den Anschein, als denke er wirklich darüber nach. »Und Sie haben Miss Graham geliebt, nicht wahr?« Hier deutete er auf sie, dorthin, wo sie saß. Sie hatte sich frühmorgens das Haar gewaschen und trug ein goldenes chinesisches Fähnchen von Kleid mit kleinen Schlitzen, wahrscheinlich, damit ihre braun gebrannten Waden durchblitzten. Ihr süßer runder Körper schmiegte sich in die harte Bank Justitias.

»Ich nehme mal an, ja«, sagte ich.

Dann endlich bekam der Anwalt des klagenden Opfers seine Chance, mich anzugehen. Er kenne Cindy, seit sie sogar noch jünger gewesen sei als jetzt, ein Kind, sagte er wortwörtlich. Er war den Tränen nahe. Kein Haar wuchs auf seinem Kopf. Das ist eine Feststellung, kein überflüssiger Kommentar, den ich mir ohnehin nicht erlauben kann, weil ich unangenehm stark behaart bin.

Selbst heute noch, nachdem die Zeit alles in eine gewisse Perspektive gerückt hat, verstehe ich seine Taktik des Fragens ebenso wenig wie die meines hirnlosen Anwalts. Ich hatte mich schuldig bekannt. Ich hatte nichts gegen Strafe, da sich ja herausgestellt hatte, dass unser glücklicher Vollzug eine kriminelle Seite besaß. Trotzdem redeten sie. Klar, aus Rücksicht auf ihre Ausbildung – all die Jahre an der Uni. Solche Männer müssen den Moment nutzen oder für immer schlafen.

»Also, Charles C. Charley«, begann Cindys Anwalt und zwinkerte eine Träne hervor, »Sie haben uns gesagt, dass Sie das kleine Mädchen in dem Moment geliebt haben, aber weder vorher noch nachher, noch seitdem.«

»Ich habe keinen Grund zu lügen«, sagte ich. »Ich bin in Gottes Händen.«

»Wessen Händen?«, schrie der Richter.

Dann ging ein allgemeines Geraune los, und sie überlegten, wie man mit solch verachtenswertem Missbrauch des heiligen Namens umgehen sollte. Natürlich konnten sie nicht sagen, dass wir nicht in Gottes Hand sind, denn wussten sie's? Vielleicht waren wir's ja.

Mr. Grahams Anwalt wandte sich wieder an mich und strahlte. »Mr. Charley, haben Sie Cindy Graham in dem Moment geliebt?«

»Ja«, sagte ich.

»Aber Sie lieben sie jetzt nicht mehr?«, fragte er.

»Darüber habe ich nicht nachgedacht«, sagte ich.

»Würden Sie sie heiraten?«, wollte er wissen und verdrehte den Kopf in Richtung der Geschworenen. Was fand er sich ausgebufft.

»Sie ist doch noch ein Kind«, sagte ich. »Wie könnte ich sie heiraten? Die Ehe verlangt alle Arten Verantwortlichkeit. So weit ist Cindy noch gar nicht. Und außerdem – der Altersunterschied … er ist zu groß. Seien Sie realistisch«, appellierte ich an sein konfuses Hirn.

»Sie würden sie *nicht* heiraten?«, fragte er, und seine Stimme überschlug sich beinah.

»Nein, Sir.«

»Gut genug, um sie zum Geschlechtsverkehr zu nötigen, aber nicht gut genug, sie ein Leben lang zu achten und lieben?«

»Hm«, sagte ich ruhig, denn ich weigerte mich, auf seinen hysterischen Ausbruch zu reagieren oder Namen zu nennen, »es ist Jacke wie Hose.«

»Und so haben Sie, ein reifer Mann, ein Erwachsener, der die Fallstricke kennt, in denen sich ein junges Mädchen verfangen kann, dieses Kind, das noch wächst, Cynthia Anne Graham, Sie haben sich eingebildet, beurteilen zu können, ob sie willens war, sich ihrer Jungfräulichkeit berauben zu lassen, und dabei wollten Sie lediglich Ihre selbstsüchtige, niedrige Lust befriedigen.«

Nach diesem kleinen Wortgeplänkel sagte ich keinen Mucks mehr. Weil Cindy für immer unter ihnen leben würde, schwieg ich so still, dass mir selbst jetzt noch vor Selbstachtung der Atem stockt.

Diese Schiffbrüchigen am aufgeweichten Strand des Lebens standen unter dem Eindruck, dass ich der Erste gewesen sei. War ich nicht. Ich bin kein fantasievoller oder kreativer Mensch, ich höre auf das Universum, und ich war noch nie irgendwo der Erste. In diesem Fall sogar höchstens der fünfte oder sechste. Ich sage das nicht, um Cindy zu verunglimpfen. Irgendwo muss ein Mensch ja anfangen. Aber warum ließ sich Mr. Graham von der Wahrheit so umhauen? Alle Feinschmecker beginnen mit gierigem Appetit und kommen dann auf die geschmacklich delikateren Dinge. Ich hatte es schon oft erlebt: Als schöne und besondere Frau heiratet sie in fünf, sechs Jahren vielleicht einen soliden Bürger und gibt ihm zuliebe ihre lasterhaften Gewohnheiten auf. Keiner meiner Kontrahenten war mehr als zehn Jahre älter als ich, doch ihr Gedächtnis war kurz (wie meins auch wäre, wenn ich nicht darauf achten würde, stets mit der Jugend in Kontakt zu bleiben).

Als ich mitten in diesen Gedanken war und das Gericht geduldig auf eine ehrliche Antwort wartete, brach Cindy in heftige Tränen aus und schrie: »Lassen Sie ihn in Ruhe, lassen Sie ihn gefälligst in Ruhe. Es ist doch nicht seine Schuld, wenn ich über die Stränge schlage. Wenn Sie jetzt nicht den Mund halten, erzähle ich der ganzen Welt, wie ich über die Stränge schlage. Ich habe ihn dazu gebracht. Ich war es, die …«

Aus meiner beschränkten Sicht schienen sich alle Prozessbeteiligten schaudernd zu einem Seemannsknoten zusammenzuziehen. Mr und Mrs Graham befreiten Cindy daraus, und zwei Justizbeamte brachten sie eilig hinaus. Erst berieten sich die gegnerischen Anwälte aufgeregt miteinander, dann mit dem Richter. Zwei Zeitungsleute wankten von einer aufgeregten Gruppe zur anderen. Meine Mutter nutzte das Durcheinander und sagte: »Charles, die sind total bekloppt.«

Die bezahlten Hauptfiguren nickten mit den Köpfen. Der Richter bat um Ordnung, dann um eine Unterbrechung. Mein Anwalt und zwei Cops führten mich in einen braun getäfelten Raum, wo Konferenzstühle um einen Mahagonikonferenztisch standen. »Sie haben keine einzige vernünftige Antwort gegeben«, beschwerte sich mein Anwalt. »Jetzt hören Sie mir zu. Bleiben Sie einfach nur hier sitzen und halten Sie in drei Teufels Namen den Mund. Ich rede jetzt mit den Grahams.«

Eineinhalb Stunden war ich – bis auf einen gelangweilten Bewacher – allein. In der Zeit dachte ich noch einmal über Cindy und ihr herrliches Beiwerk nach, des Weiteren über die Bedeutung von Wahrheit und dass ich den großen Kreis des Lebens nur streifte, aber unwiderruflich darin meine Kreisbahn zog, da erschien meine Mutter. Sie hatte Zeit gehabt, einzukau-

fen: Weizenkeime, Karotten und Äpfel voller unge-
spritzter Bakterien. Diese harmlose Diät braucht sie
aus gesundheitlichen Gründen. Danach kamen Mr. und
Mrs. Graham und meine kleine Schmuddel-Cindy.
Mrs. Graham tupfte die ganze Zeit mit einem Papier-
taschentuch schwarzes Augenzeugs von ihren ver-
schmierten Wangen. Mr. Graham, der, wenn er Fragen
beantwortete oder stellte, vernünftig und immer ge-
radeheraus war, sagte: »Also gut, Charles. Wir haben
beschlossen, die Klage zurückzuziehen. Sie und Cindy,
Sie heiraten.«

»Was?«, sagte ich.

»Sie haben mich verstanden … Ich bin dagegen. Ich
finde, ein Ganove wie Sie ist besser hinter Gittern auf-
gehoben. Von mir aus könnten Sie im Gefängnis ver-
schmachten. Ich habe üblere Kerle erlebt als Sie, aber
nicht viel üblere. Sie haben ein verdammt dummes Ding
ausgenutzt. Sie und Cindy heiraten nächste Woche. Bis
dahin bleiben Sie in unserem Haus, Charley. Cindy hat
die Schule lang genug versäumt. Dieses Jahr ist sehr
wichtig für sie. Ich sag Ihnen eins. Besser, Sie machen
jetzt keine Dummheiten mehr, Charley, oder ich spalte
Ihnen den Schädel mit dem Küchenmesser.«

»Was Sie nicht sagen …«, stichelte ich.

Da meldete sich meine Mutter zu Wort. »Charles«,
sagte sie. »Denk doch mal nach, mein Sohn. Was wird
aus mir, wenn du ins Gefängnis kommst? Sie ist sehr
hübsch. Du wirst auch nicht jünger. Was wird aus mir?

Mein Sohn ...« Und an Mrs. Graham gewandt: »Es ist schwer, alt und auf diese Weise abhängig zu sein. Ich hoffe, Sie sind gut versichert.«

Mrs. Graham tätschelte ihr die Schulter.

Das betrachtete meine Mutter als Einladung, sich ausführlicher zu äußern. »Recht bedacht, ist das alles viel Lärm um nichts. Ich sage immer, sie sollen das Leben genießen, solange sie jung sind. Wissen Sie«, fuhr sie fort, den Blick vage in die aufregende Vergangenheit gerichtet, »wenigstens hat man dann etwas, auf das man zurückblicken kann.«

Mrs. Graham nahm ihre Hand weg und errötete vor Schreck.

»Willst du mich etwa nicht heiraten?«, fragte Cindy, und die Tränen begannen wieder zu fließen.

»Süße ...«, sagte ich.

»Dann ist das klar«, sagte Mr. Graham. »Ich suche euch ein schönes Haus in der Nachbarschaft. Eine Weile lang erst mal keine Kinder, Charley, sie muss die Schule zu Ende machen. Was Sie angeht«, sagte er und machte gleich Nägel mit Köpfen, »Ihr Laden ist schon in Ordnung. Ich will, dass mein Steuerberater die Bücher durchgeht. Wenn sie so sind, wie ich es erwarte, sind Sie in sechs Monaten ein gemachter Mann. Mit der größten Klimaanlagenfirma im Bezirk. Sie sind ein verdammter Nichtsnutz und haben gar keine Ahnung, was Sie in einem Viertel wie unserem für Möglichkeiten haben.«

»Ich würde jetzt gern eine rauchen«, sagte ich.

»Hier ist Rauchen verboten«, sagte mein Anwalt und hatte mein ganzes Leben zu einem erfolgreichen Abschluss gebracht.

Auf diese Weise besänftigte ich sämtliche Verantwortlichen und bin auch aktuell noch mit Cindy zusammen.

Durch Vermittlung meines Schwiegervaters bekam ich eine erstklassige Konzession für Gefriertruhen und Kühlschränke. Und wenn Sie sich so was Verwerfliches vorstellen können – sie wurde einem Mann, der seit dreißig Jahren in diesem Geschäft ist und für seine unermüdliche Arbeit in den Küchen Amerikas davon träumte, sie zu bekommen, vor der Nase weggeschnappt. Wenn mir jemand den ersten Stein gäbe, würde ich mich nicht schämen, ihn zu werfen. Aber auf wen?

Mit Cindy zu leben macht in mehrfacher Hinsicht Spaß. Man erwirbt wichtige Kenntnisse aus den Gefilden einer anderen Generation. Und vor allem: Cindy überlässt die Dinge gern der Zukunft. Ich bin überzeugt, dass sie in sechs, sieben Jahren eine wunderbare Frau ist. Ich wünsche ihr viel Glück: Bis dahin sind wir einander Fremde.

Zwei kurze, traurige Geschichten aus einem langen und glücklichen Leben

1. Gebrauchte-Jungs-Großzieher

Zwei Ehemänner waren enttäuscht von Eiern.

Ich mag sie so auch nicht, sagte ich. Macht euch eure Eier selbst. Sie seufzten unisono. Ein Mann war feurig, einer lau.

Zu trinken gibt's hier nichts, oder?, fragte Feurig.

Hier findest du nie was, sagte Lau. Brauchst gar nicht zu gucken, rappeltrocken, die Bude. Lau schob die Eier von sich, Pein und Ekel seine Markenzeichen.

Feurig sagte: Jetzt aber mal ehrlich, gibt's hier wirklich nichts? Kein Bier?, hoffte er.

Nichts, sagte Lau, der auf der Suche nach einem weißen Hemd Speisekammern, Schränke und Kühlschränke durchgegangen war.

Da hast du verdammt recht, sagte ich. Ich machte den obersten Knopf meines taubenblauen Kittels zu. Unter dem Küchentisch holte ich eine braune Papiertüte randvoll mit einer Stickarbeit hervor, die Gott bat, unser Heim zu segnen.

Ich wollte das Motto zum Schutz meiner Söhne fertig sticken, die auch Feurigs waren. Es stimmte, dass er vor ein paar Monaten aus großer Ferne – den britischen Weiten Afrikas – huldvoll an Lau geschrieben hatte: Im Übrigen glaube ich wirklich, dass sie feine Jungs sind. Ich liebe sie auch, aber Faith ist ihre Mutter, und jetzt ist Faith Deine Frau. Ich bin so viel weg. Wenn Du sie als Deine eigenen betrachten willst, Kumpel, nur zu!

Oh, vielen Dank, hatte Lau, ganz überwältigt, mit Luftpost geantwortet. Dann bat er die Jungs eindringlich, wenn nicht in Gebrauch, in ihrem Zimmer zu spielen. Er gab sich alle Mühe, nett zu sein.

Während wir über hinter und vor uns liegende Zeiten sprachen, stach ich in das Farmhaus, das behaglich im Schatten einer Wolke und eines Spitzahorns lag, gleich unter dem goldenen Schriftzug.

Haha, sagte Feurig und verschüttete Kaffee auf seine Schlafanzughose, du rätst nie, mit wem ich mich getroffen habe, Faith.

Mit wem?, fragte ich.

Mit deinem alten Freund Clifford im Green Coq. Gut sieht er aus. Eins muss man sagen – an Lau gewandt –, ihre Männer versorgt sie gut.

Stimmt, sagte Lau.

Wie geht's ihm?, fragte ich kühl. Was macht er? Ich habe ihn bestimmt zwei Jahre nicht gesehen.

Ach, das rätst du nie. Er heiratet. Ein niedliches Mädchen. Er hatte sie dabei. Kleine Füßchen, kleiner runder

Hintern, kleines Bäuchlein – bestimmt zweiundzwanzig, sieht aber aus wie siebzehn. Goldblonder Zopf bis zur Taille. Ein herziges Mädchen. Stupsnase, Schmollmündchen. Wie mit dem Stift gemalt die Augen. Schultern nach hinten wie eine Tänzerin … schlanker Hals. Ach, ein zuckersüßes Ding.

Du hast sie dir ja genau angeguckt, sagte Lau.

Ich habe eine funktionierende Netzhaut, sagte Feurig. Dann fuhr er fort: Pass bloß auf, Faith. Du wärst überrascht, wie ringsumher die niedlichen kleinen Küken schlüpfen. All die munteren Schulmädchen verdrehen die großen schwarzen Augen. Ich hoffe, dieses Mal sitzt du fest im Sattel. Für mich gilt ja, was vorbei ist, ist vorbei; du allerdings bleibst in meinem Leben historisch ein wichtiger Mensch. Und deshalb fühle ich mich berechtigt, dich zu warnen. Ich muss dich warnen. Pass auf, Süße!, flüsterte er rau, beugte sich vor und machte mir schreckliche Bauchschmerzen.

Was redest du da?, fragte Lau in seiner Unschuld. Erstens sitzt sie fest im Sattel … und dann ist sie immer noch eine attraktive Frau. Schau sie doch an.

O ja, sagte Feurig und schaute. Eine attraktive Frau. Prachtvoll, manchmal.

Zu Ehren dieser großherzigen Bemerkung schwiegen wir ein paar Sekunden.

Dann sagte Feurig: Ja, prachtvoll, aber ich wollte dich nur warnen, Faith.

Endlich schob er seine Frühstückseier beiseite und

kam auf Clifford zurück. Ein Mysterium, absolut rätselhaft ... Ich frage mich, warum er heiraten will.

Ich weiß nicht, es bindet einen Mann, sagte ich.

Und trotzdem, sagte Lau ernsthaft, was wäre ich ohne die Ehe? Ein alter Wüstling, erwiderte er strahlend bei der Erinnerung daran.

In dem Augenblick kamen die Jungs herein: Richard, der Pferdedieb, und Tonto, der Revolverheld.

Daddy!, riefen sie. Sie tatschten an Feurig herum, kitzelten ihn, knöpften ihm die Schlafanzugjacke auf, pfiffen angesichts mehrerer grauer Haare, die seine Brust sprenkelten. Sie kniffen ihm ins Ohr und rubbelten ihm gegen den Strich durch den Bart.

Na, na, ermahnte er sie. Wie geht's euch, Jungs, alles in Ordnung? Gut seht ihr aus. Stramm. Und eure Zensuren, wie sind die?, erkundigte er sich. Als bildete er sich ein, sie wären für die Sommerferien aus Eton da.

Ich gehe nicht zur Schule, sagte Tonto. Ich gehe in den Park.

Ich würde gern hören, wie das Kind liest, sagte Feurig.

Ich, ich kann lesen, Daddy, sagte Richard. Ich habe ein Buch mit hundert Seiten.

Na dann, sagte Feurig, hol es.

Ich setzte eine frische Kanne Kaffee auf. Spülte ein paar Tassen und drängte Lau, ein klebriges Glas Pflaumenmarmelade aufzumachen. Sehr bald war das, was möglich war, gelesen, und Feurig verknotete die Bändel seiner Schlafanzughose und trat zu mir an den Herd. Faith, wies er mich zurecht, einen Scheißdreck kann der Junge lesen. Er ist sieben.

Acht, sagte ich.

Ja, sagte Lau, der sich eben an das Seifenschränkchen erinnert hatte und darin nach einem Bier suchte. Wenn sie meine echten Söhne wären, so wie sie es im Alltagsleben sind, würde ich sie zu einer der guten kirchlichen Schulen schicken, wo sie lesen lernen. Lesen. Sankt Bartholomäus, Sankt Bernhard, Sankt Joseph.

Feurig lief puterrot an und schnappte nach Luft. Nur über meine Leiche. *Merde*, sagte er – aus Rücksicht auf die Kinder. Ich habe gesagt, ja, du kannst die Jungs als deine eigenen betrachten, aber wenn ich jemals höre, dass sie auch nur einen Fuß in die Nähe einer Kirche setzen, dann erstech ich dich, du Mistkerl. Ich war vierzehn, als ich von selbst so vernünftig war, hoch erhobenen Hauptes aus der Höhle des Lug und Trugs zu marschieren. Du Arschloch, mir ist es scheißegal, wie in es jetzt ist, wie schick, sich sonntags unter einer Kirchenkuppel sehen zu lassen ... Scheiß drauf! Heuchelei. Verdorbenheit. Höhlenmenschen. Idioten. Schwachköpfe.

Der arme Feurig wand sich bei der Erinnerung an seine Kindheit und sein Elternhaus auf seinem Stuhl. Lau hörte zu, den Kopf zur Seite geneigt, auf seinen Brauen zog allmählich Betrübnis auf.

Weißt du, sagte er langsam, wir Bilderstürmer ... wir Freidenker ... wir heutigen Freimaurer ... wir Idealisten … wir Träumer … wir sind nie weit weg von unserer nervösen alten Mutter, der Kirche. Sie ist nie weit weg von uns.

Wo wir auch sind, stündlich hören wir ihr Geläut, und sei es noch so schwach, es tönt weit übers Land, es hallt durch die Städte und erinnert uns ach so Aufgeklärte an die leidenschaftliche Tat Marias. Zu jeder vollen Stunde schrecken wir auf bei der Mahnung an das, was für uns getan wurde. FÜR UNS.

Schmerzgepeinigt murmelte Feurig: Diese Halunken, oje, oje, oje, diese schändlichen, gottverdammten Halunken. Müssen wir das ganze neunzehnte Jahrhundert wiederholen? Na gut, brüllte er und sah uns alle an, ich bin bereit. Dieser Newman! Bestätigung heischend, drehte er sich zu mir.

Weißt du, sagte ich, das Thema hat mich nie besonders interessiert. *Dich* bringt es doch immer zur Weißglut.

Lau blickte versonnen aus den purpurnen Bogenfenstern seiner Seele und sagte leise: Ich persönlich habe Gott zwar schon vor langer Zeit verloren, den Glauben aber nie.

Was, zum Teufel, redest du da, du Schwachkopf, brüllte Feurig.

Ich habe meine Liebe zur Weisheit der Kirche der Welt nie verloren. Wenn ich mich abends schlafen lege, bete ich unwillkürlich; auch wenn ich aufstehe. Nicht zu Gott, sondern zu der Einheit stiftenden Erinnerung aus meiner Kindheit. Die ersten Worte, die ich geschrieben habe, waren: Was sind die Sakramente? Faith, kannst du je deinen alten Großvater vergessen, wie er das Kaddisch anstimmte? Es wird dir für immer in den Ohren klingen.

Machst du Witze? Ich war stinkwütend, dass sie mich in ihren Streit zogen. Kaddisch? Was weiß ich vom Kaddisch? Wer ist denn gestorben? Du kennst meine Meinung ganz genau. Ich glaube an die Diaspora, nicht nur als Gegebenheit, sondern aus Prinzip. Ich bin aus sachlichen Gründen gegen Israel. Ich bin sehr enttäuscht, dass die Juden beschlossen haben, noch zu meinen Lebzeiten eine Nation zu werden. Ich glaube an die Diaspora. Schließlich *sind* sie das auserwählte Volk. Lach nicht. Es stimmt. Aber wenn sie sich erst mal in ihrem Eckchen in der Wüste eingerichtet haben, sind sie wie alle anderen: die dämlichen Franzosen, Italiener, weltliche Nationen. Die Juden haben nur eine Hoffnung: ein Relikt im Keller der Weltgeschichte zu bleiben – nein, ich meine was anderes –, ein Splitter im Zeh der Zivilisationen, ein Opfer, das das Gewissen triezt.

Feurig und Lau waren über meinen Ausbruch erstaunt, denn ich äußere selten meine Meinung zu einem ernsten Thema. Ich lebe meinem Schicksal gemäß, bis zu meinem Verfallsdatum bin ich lachende Dienerin des Mannes.

Ich habe gehört, dass sie nicht mal mehr wie Juden

aussehen, fuhr ich fort, ein Haufen Kleinbauern, die keine Zeit mehr zum Lesen haben.

Es ist dein Volk, sagte Lau vorwurfsvoll, blähte die Nasenflügel und schob das Kinn vor. Und es ist schlimmsten Angriffen ausgesetzt. Jetzt ist nicht die Zeit, schlecht über es zu reden.

Ich hatte wieder mit Sticken angefangen und seufzte. Meine Nadel stak tief in den perlgrauen Spätnachmittagswolken. Ich versuche nur zu sagen, dass die Juden kein Fall für die Geografie, sondern für die Historie sind. Sie sollen keinen Raum einnehmen, sondern in der Zeit fortbestehen.

Sie schauten mich so bekümmert an, dass ich beschloss, die Sache von allen Seiten zu betrachten. Ich sagte: Jesus hatte vermutlich so viel Ärger – nun, da ihr es erwähnt habt –, weil er wusste, dass er die ganze Welt gewinnen würde, aber er vergaß Jerusalem.

Als du uns geheiratet hast, sagte Lau vorwurfsvoll, hast du da nicht auch Jerusalem vergessen?

Ich vergesse nie etwas, sagte ich. Aber egal, wisst ihr was? Ich habe gerade irgendwo gelesen, dass England bankrott ist. Das Land ist zugeknüllt mit Schuldscheinen.

Feurigs Hand zitterte, als er Lau Feuer gab. Unsinn, sagte er. Das stimmt nicht. Unsinn. Die mächtige britische Insel ist die geballte kleine Faust am Schlagarm des Commonwealth.

Wo du recht hast, hast du recht, sagte ich lächelnd.

Hm, fuhr ich fort, da sich niemand rührte, meint ihr,

dass ihr heute noch mal zur Arbeit geht? Der eine oder andere?

Ach, mein Liebes, ich habe ja dich und die Jungs seit über einem Jahr nicht mehr gesehen. Es ist heute Morgen so nett und gemütlich hier, sagte Feurig.

Ja, genau, sagte Lau, der überraschte Gastgeber. Außerdem ist Samstag.

Wie findest du die Jungs?, fragte ich Feurig, den Erzeuger.

Amerikanisch, amerikanisch, rauflustig, ungebärdig. Dafür siehst du gut aus, Faith. Fülliger, aber fraulich und gesund.

Sehr gesund, sagte Lau zufrieden.

Aber die Jungs, Faith. Sollten sie nicht mit irgendwas anfangen? Immer nur kleine Plastikcowboys in einer Reihe aufstellen ist doch absurd.

Sie sind noch so klein, brachte Lau, der Gebrauchte-Jungs-Großzieher, zur Entschuldigung vor.

Ihr geht beide mal besser zur Arbeit, sagte ich und verknotete den perlgrauen Spätnachmittagsfaden. Bitte stellt erst noch das Geschirr ins Spülbecken. Es tut mir leid wegen der Eier.

Feurig gähnte, streckte sich, warf einen Blick auf die Uhr und seufzte. Samstag hin oder her, leider bin ich nicht Herr über meine Zeit. Ich habe in etwa fünfundvierzig Minuten einen Termin in der Stadt, sagte er.

Ich auch, sagte Lau. Ich fahre mit dir mit der U-Bahn.

Ich nehme ein Taxi, sagte Feurig.

Dann können wir es uns doch teilen, sagte Lau.

Sie gingen ins Badezimmer, wo sie sich auch einträchtig die Dinge teilten – Rasierzeug, Waschtisch, Dusche und so weiter.

Ich machte die Betten und stellte das Aluminiumklappbett weg. Bis zum Abend würde sich Feurig ein Hotelzimmer suchen. Ich wusch ab und organisierte den gefräßigen Tag: Dinosaurier am Morgen, Park am Nachmittag, dazwischen Erdnussbutter und zu guter Letzt als Belohnung dafür, dass sie, ohne zu murren, eine Woche Bohnen gegessen hatten, einen prächtigen Rippenbraten mit Zwiebelchen, Klößen und rosafarbenem Apfelmus.

Faith, ich geh jetzt, rief Feurig aus dem Flur. Ich legte meinen Einkaufszettel weg und sammelte die Jungs ein, die auf der Suche nach Robin Hood durch die Zimmer streiften. Geht, sagt eurem Vater Auf Wiedersehen, flüsterte ich.

Welchem?, fragten sie.

Dem echten, sagte ich. Richard rannte zu Feurig. Sie verabschiedeten sich per Handschlag wie zwei Männer. Lau nahm Tonto in den Arm und bekam elf Küsse für dieses Zeichen seiner Zuneigung.

Auf Wiedersehen, Faith, sagte Feurig. Ruf mich an, wenn du irgendwas brauchst. Egal was, mein Liebes. Innig, liebevoll-schicklich küsste er mich auf die Wange. Lau hatte nun Oberwasser und küsste mich mit beträchtlichem Aufwand hinters Ohr.

Auf Wiedersehen, sagte ich zu ihnen.

Ich muss zugeben, dass sie, nun endlich sauber und ordentlich, recht attraktive, strahlende Männer Mitte dreißig waren, mit den wichtigen Angelegenheiten des Tages vor sich. Die dunkle Nacht, die Suche nach Lust und Vergessen lagen in weiter Ferne. Auf Wiedersehen, sagte ich, schönen Tag noch. Auf Wiedersehen, sagten auch sie noch einmal und brachen voller Stolz auf – beschritten Wege, die mich nicht betrafen.

2. Das Eigentliche der Kindheit

Richard, der eines Samstags, wie jeden Samstag, zu Hause war, zeichnete mit den Armen wedelnde Strichmännchen auf DIN-A4-Blätter. Tonto hatte ein Plastikpferd in der Hand und gab ihm den Namen Tonto, weil es blaue Augen hatte, wie er früher auch. Ich korrigierte den Saum meines Kleides aus dem letzten Jahr nach oben, dann war ich, wenn der Frühling erst da war, topmodisch, schick und up to date. »Schaut sie an, ist sie nicht wundervoll? Wer ist ihr Modeschöpfer?«, würden wildfremde Leute tuscheln.

Clifford schrubbte sich unter der Dusche und sang ein russisches Volkslied. Jeder kalte Wasserstrahl jagte ihn in Oktavsprüngen bis zum zweigestrichenen C, danach kam die Geißelung des Fleisches. Nach viermal heiß und dreimal kalt war er schließlich stark und froh und trat als dampfende Erscheinung ins Wohnzimmer. Sein Gesicht war rund und rosig. Sein Kopf erkennbar haarlos. Was hielt Regen und Duschwasser davon ab, ihm lächerlich übers Gesicht zu laufen? Dichte, dunkle, herabhängende Brauen. Die Augen darunter waren rund und dunkel, erstaunt. Dieser Clifford, mein enger Freund, war ohne Arg. Er tat keiner Fliege etwas zuleide und war Vegetarier.

Wie immer freute er sich, uns zu sehen. Um seinen feuchten Leib hatte er sich ein großes Strandtuch geschlungen. »Sehet, welch ein Mensch!«, rief er und ließ es fallen. Einen Moment lang blieb er stehen, strahlend, gut gelaunt. Richard und Tonto warfen ihm einen Blick zu. »Himmelherrgott, Clifford, zieh dir was über«, sagte ich.

»Nur keine Panik, Faith«, appellierte er an das Ohr der Vernunft, »die Welt verändert sich.« Doch er kannte ohnehin keine Scham. Er hatte nichts davon. Er schaute hinter dem Gummibaum hervor, wo seine Hosen, drunter und drüber, auf einem Haufen lagen. Als er, zugeknöpft und zugezogen, wieder auftauchte, sagte er: »Heda! Aufgewacht! Was hängen hier alle schlaff rum?« Er knuffte Richard in den Bauch. »Spann den mal an, Junge. Wach auf.«

Richard sagte: »Ich will malen, Clifford.«

»Malen kannst du immer. Aber ich bin nicht immer hier. Mal morgen, Rich. Komm – wir machen ein

Kämpfchen. Komm schon … los geht's, schlag zu. Leg mal lieber los, Richy, sonst verpass ich dir wirklich einen. Eins, zwei, drei, ich komme!«

»Nein, *ich*«, sagte Tonto, ließ sein Pferd fallen und versetzte Clifford einen derben Nierenschlag.

»Wer war das?«, fragte Clifford. »Welcher Junge war das?«

»Ich, ich«, sagte Tonto und sprang auf und ab. »Hab ich dir schlimm wehgetan?«

»Mich totgeschlagen, jawoll, das hast du, und jetzt krieg ich *dich*.« Clifford wirbelte herum. »Genau, ich kitzel dich.« Er hob Tonto hoch über den Kopf, dann schmiss er ihn, einen Wegwerfartikel, in den Schaumstoffbauch der Couch.

Richard schlich auf Zehenspitzen zu einer sanften Anhöhe, dem Sofakissen, von wo aus er Clifford mit seinem Teddybär dreimal eins überzog.

»Au, ich werde totgeschlagen«, schrie Clifford. »Alle auf einen. Ganz schön grob, die Jungs.« Richard trat ihm ans Schienbein. »Bravo!«, sagte Clifford. »Raus damit! Immer raus damit, Jungs! Raus! Raus!«

Tonto spuckte ihm mitten ins Auge. Clifford wischte sich die Wange ab. Täuschte an und wich dem Teddybär aus, der wieder auf seinen gebeugten Kopf niederging. Tonto sprang ihm auf den Rücken und bekam seine Ohren zu fassen. »Autsch!«, sagte Clifford.

Richard entdeckte eine Tube mit Gummilösung auf dem Bücherregal und bespritzte Cliffords behaarte Brust.

»Ich werd wild«, sagte Richard. »Bin ich schon. Wild!«

»Ich auch«, sagte Tonto. »Ich bin der wildeste Kerl im ganzen Park.« Er zog Clifford an den Ohren. »Ich reite dich. Ich bin ein Elefantenboy.«

»Er ist ein faules Kamel, das immer nur Höm-pff macht«, schrie Richard. »Los, an die Arbeit.«

»Und ich wär der Dschinn«, quietschte Tonto in den höchsten Tönen. »Hü-hott, Clifford.«

»Ich, ich, ich«, sagte Richard und ließ sich auf den Boden fallen. »Hier, ich. Ich bin eine Giftschlange«, sagte er und glitt vor Cliffords Fuß. »Ich bin eine Gift-schlange«, wiederholte er, als er sich mit dem Kinn auf Cliffords Spann legte. Nach dem dritten, noch drohen-deren »Ich bin eine schreckliche Giftschlange« hob er den Kopf wie eine Natter, die er ja auch war, gab ein ausgedehntes Zischen von sich und biss mit all seinen neuen Schneidezähnen dem armen Clifford in seine Achillesferse, die Stelle über dem schwachen linken Knöchel.

»O nein, o nein ...«, ächzte Clifford und klappte in sämtlichen Gelenken adrett zusammen.

»Mami, Mami, Mami«, schrie Richard, als Clifford mit seinen sechsundsiebzig Kilo auf ihn fiel.

»Hier, hier, ich!«, kreischte Tonto, der Elefantenboy, von seinem Pferd kopfüber in eine Falle aus Tischbei-nen abgeworfen.

Ihn bekam ich als Erstes zu packen. Ich nahm ihn auf

den Schoß. »Mama«, schluchzte er, »mein Kopf tut weh. Ich wünschte, ich könnte in dich rein.« Richard, die zerquetschte Schlange, lag mitten auf dem Fußboden, atemlos, tränenlos, wütend.

Und was war mit Clifford? Er hatte sein klägliches Ich auf einen Sessel gehievt, lag dort und lispelte mit blutiger Zunge, auf die er sich gebissen hatte: »Faith, Faith, den Akkumulator, den Akkumulator!«

In Tränen aufgelöst und zerschrammt gingen die Kinder freiwillig ins Bett. Sie vergaßen zu sagen, dass es zum Schlafen zu früh war. Sie vergaßen nach ihren Bären zu fragen. Sie lagen Seite an Seite und hielten einander an den Daumen fest. Das war die Liebe, zu der Brüder in Mythen und Sagen verpflichtet sind.

Ich ging wieder ins Wohnzimmer, wo Clifford saß und sich auf die Stelle mit den feinen Löchern in der Haut einen dem Hut eines Sterndeuters ähnlichen Kegel gesetzt hatte. Haargenau dort strömten die universellen Energien zusammen. Die stationäre Sonne und die atemlose Luft, in der die Planeten kreisen, mochten ihn nun heilen und mit ihrer außergewöhnlichen Kunst wirken wie Aspirin.

»Wir müssen mal ein ernstes Wort miteinander reden«, sagte er. »Ich schaff das nicht mit den Jungs. Ich meine, du weißt selbst, Faith, dass ich es immer wieder versucht habe. Aber du hast irgendwas mit ihnen angestellt, irgendwie ihre Instinkte kaputtgemacht. Wir

haben uns doch einfach nur prächtig amüsiert, uns ge-
balgt und nach Herzenslust herumgebrüllt, und schau,
was passiert ist – immer tut sich einer weh. Ich jedenfalls habe mir richtig wehgetan. Wir hätten alle ganz
locker sein sollen. Locker. Es hätte alles ganz ent-
spannt ablaufen sollen. Unsere Körper hätten ent-
spannt sein sollen. Keiner hätte sich wehtun sollen,
Faith.«

»Meinst du, ich bin schuld, dass ihr euch alle wehgetan habt?«

»Hundertprozentig, Faith, du hast Mist gebaut.«

»Mist gebaut?«, sagte ich.

»Totalen«, sagte er.

Ich gab ihm noch eine Chance. »Totalen?«, fragte
ich.

»Herrgott noch mal, ja! Du hast es versaut!«, sagte
er.

Deshalb im Folgenden ein kurzer Abriss dessen, was
mich antreibt und was mich bedrückt, des Lebens bis
dato:

Von Montag bis Freitag, ehrlich gesagt, brennt mein
Ego – wegen des Erfolgs bei der Arbeit; ich bin wie ein
Gestirn; wer auch immer von meiner Wärme abhaben
möchte, bitte schön. Die flachen Gewichtsteine der
Zumutungen, die durch diese pulsierende Atmosphäre
fliegen, verglühen. Ungerührt leuchte ich auf meine
eigene thermodynamische Weise.

Doch samstags morgens, in meinem eigenen Haus,

muss ich mich dem soziologischen Gesetz von der Herrschaft des Unabänderlichen stellen. Denn ich habe diese Jungs mit einer Hand aufgezogen und mit der anderen getippt, um die Brötchen zu verdienen. Ich habe sie ganz allein aufgezogen, ohne Vater, mit dem sie sich im Badezimmer hätten identifizieren können wie all die anderen kleinen Jungs vom Spielplatz. Haha. Von einer gnadenlosen Geschäftsleitung in einen ausbeuterischen Arbeitsvertrag mit der Boheme gezwungen, oder dem, was davon übrig ist, bin ich dabeigeblieben, obwohl mich wohlmeinende Verwandte bedrängten und Skihosen, Klavierstunden und Karten fürs Rodeo anboten. Die ganze Zeit habe ich Richard und Tonto gehegt und gepflegt, ihnen beigebracht, wie man keine Kompromisse macht und für das Eigentliche der Kindheit empfänglich bleibt. Ja, vom Klo auf dem Gang und dem Wühlen nach Unterwäsche und Socken in großen Pappkartons bei der Heilsarmee sind wir gewaltig aufgestiegen. Aus lauter Sturheit habe ich das allein gemacht, außer in dem einen Jahr, als ihr Vater mit Claudia Lowenstill in Chicago zusammenlebte und sie entsetzt war, dass er zum fünften Geburtstag Fahrräder schickte und sonst nie was. Daraufhin bezahlte er ein ganzes Jahr Miete, Gas, Strom und Telefon. Eines Tages erwischte Claudia ihn im Suchscheinwerferlicht der Wahrheit, eine grandiose Gestalt, die auf einem Fass mit Seifenschaum große Reden schwang und sauber unterging. Jetzt ist er an der Goldküste eines anderen

Kontinents, fasziniert vom Überleben unbekannter Kulturen. Der Verantwortung für häusliche Dramen hat er sich entzogen.

Egal, ich gab Clifford noch eine Chance, seine Worte zurückzunehmen und sich wieder mit mir zu vertragen. »Mist gebaut? Sie saumäßig erzogen?«

Dieses Mal machte er sich gar nicht die Mühe zu antworten, er war schon fleißig dabei, seine Klamotten aus allen vier Ecken des Zimmers zusammenzuklauben.

Aus meinen beiden kollabierenden Lungenflügeln entwich die Luft. Wasser stieg hoch, blubberte, wollte eindringen, und ich wäre an plötzlicher Lungenentzündung gestorben – nie von so was gehört –, wenn nicht meine Hand, völlig unabhängig von meiner eigenen Entscheidung, einen Glasaschenbecher zu fassen gekriegt und damit geworfen hätte.

Den Rücken mir zugewandt, suchte Clifford auf allen vieren die Socken, die er am Freitag unterm Sessel hatte liegen lassen; sein Kopf lag günstig in der Flugbahn. Und er wäre als Vollidiot aus diesem Leben geschieden, wäre ich nicht blind vor Tränen gewesen und hätte ihm nur das ohnehin verkümmerte Ohrläppchen abgerissen.

Aber Clifford ist ein sanfter Mensch, ein Bündel zarter Saiten. Der Anblick von so viel Blut lähmte ihn. Da hockte er und zitterte, wartete auf Knien, dass der Tod, der Sheriff vom Styx, ihn noch einmal zu sich winkte.

»Solche Sachen sagt man nicht zu einer Frau«, flüsterte ich. »Du Obertrottel, verfluchter. So was sagt man einfach nicht zu einer Frau. Wasch dich, du Hornochse, du verblutest.«

Ich ließ ihn allein, da konnte er sich die Luftröhre abbinden oder nach den aktuellsten Erste-Hilfe-Vorschriften für den kommenden großen Weltatomkrieg selbst verarzten.

Auf Zehenspitzen ging ich ins Schlafzimmer, um nach den Kindern zu sehen. Sie lagen in tiefem Schlummer. Ich deckte sie zu, gab Tonto, meinem Baby, einen Kuss, sagte: »Richard, was bist du für ein großer Junge«, und gab auch ihm einen Kuss. Dann setzte ich mich auf den Boden, rieb mir die Wange an Richards fusseliger Flauschdecke und ließ mich vom süßen Atmen der beiden Schlafenden beruhigen.

Einige Stunden später wachten Richard und Tonto auf, bohrten in der Nase, niesten, waren quengelig, dann froh. Sie bewunderten das Kreuz und Quer aus Heftpflastern, das ich ihren Wunden zu Ehren erschaffen hatte. Richard aß Suppe, und Tonto aß Schinken. Sie fragten nicht nach Clifford, denn er hatte einen Schlüssel, mit dem er bisher immer die Tür hatte öffnen können, hinein oder hinaus.

Nun ruhte dieser Schlüssel friedlich in der Erde meines Gummibaums. Ich fühlte mich als Auslaufmodell. Es gab niemandem, dem ich den Schlüssel hätte anbieten wollen.

»Habt ihr noch Hunger, Jungs?«, fragte ich.

»Nein, Boss. Ich bin voll bis oben hin«, sagte Tonto und hob die Hand vor Augen.

»Wisst ihr was?« Ich unterbreitete ihnen eine umwerfende Idee. »Geht runter und spielt.«

»Nur keine Erpressung, Fräuleinchen«, sagte Richard. Ich schaute zum Vorderfenster hinaus. Vier Stockwerke tiefer wartete Lester Stukopf, bis an die Zähne bewaffnet, auf den Feind. Beiläufig gab ich Richard diese vertrauliche Information. »Ist er ganz allein?«, fragte Richard.

»Ja«, sagte ich.

»Dann gut.« Richard schaute mich betrübt an. »Aber, Faith, vergiss nicht, dass ich nur runtergehe, weil ich Lust hab. Nicht weil du es mir gesagt hast.«

»Ja, natürlich«, sagte ich.

»Ich geh nicht«, sagte Tonto.

»Ach, sei nicht so, Tonto, geh auch runter. Es ist so schön, und die Sonne scheint. Nehmt doch die neuen Gewehre mit, die Daddy euch geschickt hat. Ab mit dir, Tonto.«

»Nein, Boss, ich finde Richard blöd, und ich finde Lester blöd. Und die Gewehre finde ich auch blöd. Es sind Baby-Gewehre. Er meint, ich wär ein Baby. Schick ihm besser mal ein Foto.«

»Ach, Tonto –«

»Er meint, ich lutsche am Daumen. Er meint, ich mach ins Bett. Deshalb schickt er mir Baby-Gewehre.«

»Nein, nein, Spatz. Du bist kein Baby. Das weiß doch jeder, dass du ein großer Junge bist.«

»Ist er nicht«, sagte Richard. »Und ob er am Daumen lutscht! Und ob er ins Bett macht!«

»Richard«, sagte ich, »Richard, wenn du nichts Gutes zu sagen hast, halt dein freches Mundwerk. Tonto immer daran zu erinnern hilft ihm auch nicht.«

»Auf Wiedersehen«, sagte Richard, ohne sich auf eine Diskussion einzulassen, sehr erhaben und erstgeboren. Manchmal ist er gemein, aber nie faul. Nach fünfundvierzig Sekunden kam er wieder hoch und rief: »Solange er nicht in mein Bett macht, ist es mir schnurz.«

Tonto hörte ihn nicht. Er putzte sich die Zähne, was er in der Hoffnung, dass sie anfangen zu wackeln, bisweilen siebenmal am Tag tut, und zwar heftig. Ich glaube, sie fangen wirklich schon an zu wackeln.

Ich gönnte mir einen heißen Kaffee und setzte mich damit ins Wohnzimmer. Ich sorgte dafür, dass ich es im Sessel bequem hatte, goss den Kaffee schwarz in einen weißen Becher, auf dem MAMA stand, und klopfte Zigarettenasche in eine von Richard selbst ausgehöhlte Töpferarbeit. Ich schaute in das eckige Fenster mit dem hellen Tageslicht und stellte mir die kräftezehrende Frage: Was ist der Mann, dass die Frau sich ihm zu Füßen legt und ihn anbetet?

Genau beim Fragezeichen kam Tonto leise, auf Socken, angeschlichen und sagte: »Ich muss Richard etwas runterbrüllen, Mutter.«

»Aber lehn dich nicht aus dem Fenster, Tonto. Bitte nicht, es macht mich nervös.«

»Ich muss ihm was sagen.«

»Nein.«

»Doch, doch«, sagte er. »Es ist schrecklich wichtig, Faith. Wirklich, ich *muss*.«

Wie konnte ich es ihm erlauben? Wenn er hinausfiel, würden alle meinen, ich hätte sie vernachlässigt, Bier in der Küche getrunken oder am Schminktisch hinter geschlossenen Türen Augencreme aufgelegt. Außerdem wäre ich für immer untröstlich gewesen. Meine Großmutter trauerte ihr Lebtag um ein Kind, das im Alter von fünf an Ohrenschmerzen gestorben war. Als sämtliche anderen Kinder schon längst ihre Pensionen oder Sozialfürsorge bezogen, versammelten sie sich an ihrem Totenbett und beschwerten sich, weil sie mit einundneunzig immer noch murmelte: »Oje, Anita, atme ein bisschen, versuch zu atmen, meine Kleine.«

Mit Tränen in den Augen sagte ich: »Gut, Tonto, ich halte dich fest. Du kannst Richard alles sagen, was du zu sagen hast.«

Er lehnte sich hinaus in die Luft. Ich hielt ein speckiges kleines Knie umklammert. »Richie«, brüllte er. »Richie, hey, Richie!« Richard schaute hoch, schirmte sich vermutlich die Augen ab, suchte die Stimme. »Richie, he, hör mal, ich spiele mit deinem neuen Fort, das du zum Geburtstag gekriegt hast, und mit den ganzen Männchen.«

Dann knallte er das Fenster zu, als seien ihm die Eigenschaften von Glas gänzlich unbekannt, und rannte ins Badezimmer, um sich noch einmal in einem Triumphritual die Zähne zu putzen. Durch Zahnpasta und Gegurgel sang er: »Ich wette, jetzt ist er sauer«, und etwas gedämpfter: »Geschieht ihm recht, er ist zum Kotzen.«

»Du aber auch«, rief ich wütend. Während ich traurig war, weil meine Großmutter einen solchen Verlust verschmerzen musste, riss er sein großes Maul gegen seinen Bruder auf. »*Du* bist zum Kotzen! Und jetzt hör mir zu! Ich will, dass du verschwindest. Los, geh runter und spiel. Ich brauche zehn Minuten für mich allein. Anthony, wenn du hier oben bleibst, bring ich dich am Ende noch um.«

Als er wieder aus dem Bad kam, roch er wie Pfefferminzstangen an Weihnachten. Er stellte sich auf ein Bein, reckte sich, um mir in die Augen schauen zu können, und sagte: »Na schön, Faith, bring mich um.«

Da setzte ich mich sofort hin, damit er sich einbilden konnte, ich sei nicht größer als er, und aufhörte, mich zu nerven.

»Bitte«, sagte ich begütigend, »geh mit deinem Bruder raus. Ich muss nachdenken, Tonto.«

»Ich will aber nich. Ich muss nirgends hin, wo ich nich hinwill«, sagte er. »Ich will hier bei dir bleiben.«

»Ach, bitte, Tonto, ich muss putzen. Du kannst gar nichts machen, auch kein schönes Spiel anfangen oder sonst was.«

»Ist mir egal«, sagte er. »Ich will hier bei dir bleiben. Ich will ganz nah bei dir bleiben.«

»Gut, Tonto. Na gut. Ich hab's. Geh ein paar Minuten in dein Zimmer, Süßer, nun geh schon, bitte.«

»Nein«, sagte er und kletterte mir auf den Schoß. »Ich will ein Baby sein und immer ganz nah bei dir bleiben.«

»Ach, Tonto«, sagte ich, »bitte, Tonto, nicht.« Ich versuchte ihn loszumachen, doch er legte mir den Arm um den Hals, kuschelte sich, Daumen im Mund, in meinen Schoß und war mein Baby.

»Ach, Tonto«, sagte ich und gab alle Hoffnung auf einen ungestörten Moment auf. »Warum kannst du nicht draußen mit Richard spielen? Es macht dir bestimmt Spaß.«

»Nein«, sagte er, »mir ist egal, ob Richard weggeht oder Clifford. Die können machen, was sie wollen. Ist mir egal. Ich gehe nie weg. Ich bleibe bei dir, Faith, ganz nah, für immer.«

»Ach, Tonto«, sagte ich. Er nahm den Daumen aus dem Mund und legte mir die Hand, die Finger weit gespreizt, auf die Brust. »Ich liebe dich, Mama«, sagte er.

»Liebe«, sagte ich. »Ach, Liebe, Anthony, ich weiß.«

Ich hielt ihn und wiegte ihn hin und her. Hin und her. Ich schloss die Augen und schmiegte mich an seinen dunklen Kopf. Doch die Sonne in ihrem Lauf stieg aus den Wassertürmen der Bürogebäude im Stadtzentrum auf und schien plötzlich weiß und hell auf mich. Da leuchtete mein Herz durch die kurzen, knubbeligen Finger meines Sohnes in Streifen, für immer begraben, wie ein König in Alcatraz hinter schwarz-weißen Gittern.

Zeiten, in denen wir uns alle zum Affen machten

Kein Zweifel, das ist Eddie Teitelbaum auf der obersten Treppenstufe der 1434, ein Jugendlicher mit dunklem Kinn, reparaturbedürftig, will immer alles bestimmen. Er buddelt ein Loch mit dem Stiel von einem Eis. Er zupft an der Watte in seinem Ohr. Er schnieft und knurrt und schluckt Spucke, weil das Abflusssystem kaputt ist. Aber das ist ihm vollkommen egal. Von körperlichen Gebrechen mal abgesehen, steckt er bisher erst knietief in der Unmenschlichkeit des Menschen; er ist mit seines Vaters Jakob im Schafsfell, Itzik Halbfunt, versöhnt; er hat sich abgefunden mit seinem Platz in diesem backsteingesäumten Utrillo, der in der knalligen Sonne nach Osten und Westen verläuft, Tausende Vortreppen. Auf jeder Stufe ist vermutlich jemand, den er kennt. Aber erst einmal keine Namen.

Schauen Sie sich die kleinen Kinder an, die damals kamen und ihm um die Füße wimmelten. Das taten sie nämlich, sie sammelten sich auf der Talsohle dieser tiefen Schlucht und kabbelten sich am Knie des finster dreinblickenden Eddie. An manchen Tagen führte er sie in einer langen Schlangenlinie die Straße hinauf und hinunter, um die Ecke und zurück zur 1434.

An dunklen Tagen machte er aus Pfeifenreinigern Elefanten, Hunde, Kaninchen und Mäuse mit langen Schwänzen für sie. »Ihr könnt auch einen klasse Arschreiniger daraus machen«, erzählte er ihnen zum Spaß und brachte ihre Mütter vollends gegen sich auf. Gut, damals war er ein schlunziger armer Hund, arbeitete samstags, sonntags, im Sommer und in den Ferien in der Tierhandlung seines Vaters, natürlich nicht nach Tarifvertrag. Bei den Kindern war er mit Geld sparsam, doch mit Kaugummi verschwenderisch, denn Kaugummi stärkt die Kaumuskeln. Zähne kümmerten ihn nicht, er fand künstliche Gebisse gut, überhaupt Prothesen aller Art.

Zu guter Letzt (sagte Eddie) ziehen sich die Menschen wahrscheinlich sogar die Haut ab und nehmen lieber haltbares Plastik, und dann – ist das Rassenproblem kapores. Der Mensch kann sich die Farbe aussuchen, die er will, auch durchsichtig, falls Form und Farbe von Eingeweiden zur Mode gemacht werden können. Eddie hatte jede Menge Informationen über das Kommende, was ihn aber nicht kratzte, er redete von einer unausweichlichen Zukunft; doch alle seine Kumpels, brav oder verrückt, clever und voller Gefühl, spitzten mit Tränen in den Augen die Ohren.

Er warnte sie auch vor den Spionen, die aus den Fenstern spähten oder wie Steine auf die Straße plumpsten, die, wenn auch nicht von Gesetzes wegen, den Kindern gehörte. Mrs. Goredinsky, Chefspionin von der Konsistenz frischen Kitts, saß jeden Morgen auf einer Apfelsinenkiste, die Tür der 1434 im Blick. Auch Mrs. Green, im November stets republikanische Wahlbeobachterin, wartete den Rest des Jahres in ihrer Tür zur Straße, mit bebender Hand, ihr Kopf drehte sich hin und her, hin und her.

»Möchte jemand Tennis spielen?«, fragte Carl Clop, der Sohn des Hausmeisters.

»Lass sie in Ruhe«, sagte Eddie. Er wartete ab.

Dann kam eines Tages der alte Clop aus dem Keller, und scheuchte die Kinder mit Kronkorkengerassel vor sich her. Fünf Stufen unter Eddie nahm er Aufstellung, stützte sich auf seinen Besen und schickte sich an, Konversation zu machen.

»Was ist los, Junge?«, fragte er. »Wo sind deine Kumpel?«

»Unter dem Küchentisch«, sagte Eddie. »Sie haben sich an Aprikosennektar besoffen.«

»Na los, Eddie, du bist doch immer bestens informiert. Wer ist der Penner, der dauernd Papiertaschentücher im Flur liegen lässt?«

»Ich weiß nicht. Die Goredinsky ist schon seit Monaten erkältet.«

»Aah, die, was hast du gegen die? Die alte Wachtel? Immer meckerst du über sie.«

Aus einem dunklen Vorderfenster im ersten Stock sang ein dünnes Stimmchen zur Melodie von »My Country, 'Tis of Thee«:

»Mrs. Goredinsky Spionin war
ertappt vom FBI sogar.
Morgen stirbt sie, o fürwahr –
Ist das nicht schön?«

»Na, ziehen Sie sich das mal rein, Clop«, sagte Eddie. »Hier hat keiner eine Privatsphäre, schon bemerkt? Ich sag's Ihnen, Clop, draußen auf dem Land, in den Vororten der Vornehmen, hat jeder Idiot eine Garage zum Rumtüfteln. Und deshalb kommen von außerhalb der Stadt große Ideen, tolle Erfindungen. Warum zum Teufel sollten wir nicht genauso kluge Köpfe hervorbringen wie alle anderen auch?«

Eddie half übrigens Clop mit dem Reden nur aus, hielt sozusagen die Beziehungen zur Obrigkeit aufrecht. Eigentlich wollte er das Gespräch an Ort und Stelle beenden, denn er war im Geist gerade damit beschäftigt, einen Kakerlakentrenner zu erfinden, ein Gerät, das nur die Kakerlaken erlegte, die aus ihrer pechschwarzen Ritze in die Cornflakes von Leuten auswanderten. Wenn man es richtig anfing und sorgsam konzipierte, würden alle anderen Kakerlaken in Ruhe gelassen und konnten die Dielenbretter verstopfen und sich vermehren und schließlich den gesamten Wahlbezirk erben. Warum nicht?

»Gar nicht mal dumm«, sagte Mr. Clop. »Privatsphäre.« Dann schenkte er Eddie einen schnurrbärtigen, anzüglichen Seitenblick, Pokerface. »He, wofür brauchst du denn eine Privatsphäre? Um ihn den Mädchen reinzustecken?«

Schweigen im Walde.

Clop nahm das Gespräch wieder auf. »So läuft das also, da hinken wir bald den Bauern hinterher. Sieh mal einer an. Wieso kommt niemand auf die Idee, euch Blagen ein bisschen was beizubringen, besonders im Sommer? Die Stadt, die zahlt doch die meisten Steuern. Aber egal, was zum Teufel machst du den ganzen Tag hier auf der Treppe? Wie kommt's, dass Carl jedes Mal, wenn ich gucke, morgens, mittags, abends, vor dem Michailovitch's rumhängst? Los jetzt, scher dich mal weg von der Treppe, pack dich, Teitelbaum«, brüllte er. »Blödmann. Steck die Papiertaschentücher in die Tasche.« Er gab Eddie einen splittrigen Stups mit dem Besen. Dann wandte er sich ab, runzelte die Stirn und dachte nach. »Weg mit euch, Penner«, grummelte er zwei herumlungernde Kleinstkinder an, die vielleicht vier Jahre alt waren.

Doch Clop wusste instinktiv, was zu tun war, er nahm die Dinge ernst. Drei Tage später bot er Eddie den Schlüssel zum Fahrrad- und Kinderwagenraum der 1436 an, dem strategisch günstig gelegenen Eckgebäude.

»Zum Tüfteln und Erfinden«, sagte Clop. »Sind wir

etwa Tiere?« Er sei stolz, etwas mit wissenschaftlicher Forschung zu tun zu haben, fuhr er fort. So viele Jungs seien nichts als Vagabunden. Mit Carl, seinem eigenen Sohn, sehe es schlecht aus, Tag und Nacht spiele er unter der Treppe Poker mit Shmul, dem Sohn des Rabbi, einem Yankee mit Scheitelkäppchen.* Deshalb bitte er Eddie, Carl dazu zu bringen, ein bisschen in seine, Eddies, Richtung zu denken und wie Eddie auch mal was durchzuziehen. Naturwissenschaft möge Carl sehr, sagte Mr. Clop, er brauche nur ein wenig Ansporn, weil er keine Mutter habe.

»Alles klar«, sagte Eddie bereitwillig. »Er kann mir helfen, eine Rakete zum Mond zu entwerfen.«

»Zum Mond?«, fragte Mr. Clop und warf aus dem Kellerfenster einen Blick auf ein Stück Mittagshimmel.

Direkt vor Eddies visionären Augen gab es zu sofortigem Gebrauch ein Waschbecken, Strom, Gasanschlüsse und die verschiedensten anderen Versorgungsleitungen. Was gehört noch zur Grundausstattung eines Labors? Meinen Sie, das Institute for Advanced Study in Princeton hat mal besser ausgerüstet angefangen? Oder all die kleinen Zyklotronenbehälter mit den Vorhängeschlössern? Der Beginn von allem ist feucht und klein, doch aus einzelnen Eicheln wachsen große Bäume mit

---

* Shmul Klein: *Yankee mit Scheitelkäppchen: Meine Tage und Nächte in der East Bronx*. Mitzvah Press

breiten Ästen – so steht es in Sagen, Legenden und den Volksmärchen der Menschen.

Eddies erste Aufgabe war, den Kakerlakentrenner zu perfektionieren. Zum Selbstkostenpreis plus sechs Prozent zog er Niedrigspannungsdraht um die Fußleisten aller Küchen im Viertel, der jede Kakerlake, die einen Hinweis verstand, sofort in ihren klebrigen Lebensraum unter dem Linoleum zurückschickte. Die unbelehrbaren Deppen, die von Darwin sowieso nicht zum Überleben gedacht waren, erhielten einen tödlichen Stromschlag.

An diesem Werk war nichts sonderlich Originelles. Eddie wäre der Erste gewesen, der zugegeben hätte, dass er den ganzen Sommer lang über Land und Kühe, auch über Stacheldraht, nachgedacht und Kenntnisse, an die er sich erinnerte, einfach nur auf die besonderen Bedingungen seiner Umgebung angewendet hatte.

»Was für ein Wahnsinnssommer das wird«, sagte Carl und pflückte eine Kakerlake vom Draht im Labor. »Aber ich finde, wir sollten uns auch etwas amüsieren, Eddie. Meinst du nicht? Wenn wir ein Club wären, wären wir meiner Ansicht nach vollständiger.«

»Alle wollen sich amüsieren«, sagte Eddie.

»Echt amüsieren meine ich ja gar nicht«, sagte Carl. »Wir könnten ein Wissenschaftsclub werden. Aber nur du und ich – nein, den Scheiß bin ich leid. Hol noch ein paar Jungs dazu. Mach eine Organisation daraus, Eddie.«

»Warum nicht?«, sagte Eddie, der unbedingt mit der Arbeit anfangen wollte.

»Toll. Ich habe mir schon ein paar Namen überlegt. Wie ist es mit ... Fortschrittler ... Kapiert?«

»Bescheuert.«

»Ich dachte an etwas Lustiges. ... Wie auf den kleinen Visitenkarten. Wie wär's mit die Gedankengäng?«

»Sehr witzig.«

Carl drängte nicht weiter. »Gut. Aber wir müssen noch ein paar Mitglieder werben.«

»Zwei«, sagte Eddie und dachte sich ein kurzes Lachen.

»Na gut. Aber, Eddie, was ist mit Mädchen? Ich meine, Frauen haben schließlich schon lange das Wahlrecht. Sie sind Ärztinnen und ... Denk doch mal an Madame Curie? Und all die anderen.«

»Bitte, Carl, hör auf damit. Wir haben noch bestimmt zwanzig Kilometer Draht. Ich muss mir irgendwas überlegen.«

Carl konnte aber nicht aufhören. Er hätte gern Mädchen um sich, sagte er. Bei ihnen würde er ganz heiter und fröhlich. Und ihm fielen wunderbar witzige Bemerkungen ein, wenn sie dabei wären. Besonders Rita Niskov und Stella Rosenzweig.

Er wollte gern weitererzählen und als Beispiele die Zwillinge der Spitzens beschreiben, die einen Wahnsinnsvorbau hätten, aber Hüften wie Jungs. Hatte Eddie sie denn nicht in der Badeanstalt in der Seymour Street im Wasser gesehen, ihre aufgeblasenen Titten wie Rettungsbojen?

Oder die süße kleine Stella Rosenzweig, wie ein Mädchen vom Vassar College, obwohl sie erst in der letzten Klasse der Highschool war. Wenn man mit ihr tanzte, spürte man richtige Nadelstiche, denn sie war zwar klein, aber extrem spitz.

So kurz vorm Mittagessen haute ein Lustschwall Eddie regelrecht um. Um sich zu retten, sagte er kühl: »Nein, nein. Keine Mädchen. Samstagabends können sie kommen, ein bisschen tanzen und knutschen. Die Bude dekorieren. Unter der Woche keine Mädchen.«

Er versprach aber, die Verbindung zwischen Carl und den Spitz-Zwillingen insofern zu halten, als er deren Bruder Arnold sofort als Mitglied aufnahm. Das war eine glückliche, diskrete Wahl. Arnold brauchte ein Eckchen, in dem er malen konnte. Er behauptete, das Tageslicht werde allmählich verschwinden und mit ihm die Mythen über das Nordlicht. In dem dunklen Keller gründete er eine Malerschule namens Lichtbrecher, die unter 25-Watt-Birnen auch heute noch in einem Loft in der East 29th Street arbeiten.

Auf Carls Empfehlung hin wurde Shmul Klein aufgenommen, ein großartiger vierter Mann, aber Eddie sagte, Kartenspielen sei tabu. Shmul sah aus, als sei er durch nichts und niemanden von etwas abzuhalten. Ob er nach der Schule Wetten annehme? Nein, nein, sagte er, Gerüchte vervielfältigen sich: Die Warheit steht allein da.

Er war ein Chronist des Lebens, Eddie ein Student des Wissens. Wenn man Shmul nach seiner Zukunft fragte, meinte er, er sei wahrscheinlich dazu berufen, über Stipendien nur so zu stolpern und eine Wahnsinnsmenge an Beihilfen zu schultern, bis er sich einen lauen Job in der Werbung beschaffen würde, ohne mehr als nur einen Bruchteil seines Potenzials auszuschöpfen.

Es gab natürlich auch noch andere, die einen Blick riskierten und unter dem Eindruck, hier werde ein Nachbarschaftspuff eingerichtet, gern Mitglieder geworden wären. Eddie lachte und wies darauf hin, dass der Markt von individuellen Initiativen überschwemmt sei, ganz zu schweigen davon, dass die Jungfrau als moralisches Gegengewicht stark im Kurs gesunken sei.

Es raubte Eddie Zeit, ein Club zu sein. Ganze Nachmittage und Wochenenden gingen der Öffentlichkeit zuliebe verloren. Die Jungs baten ihn, offene Treffen abzuhalten, damit die Eltern von Mädchen den eigentlichen Charakter des Clubs für gut befinden könnten. Dann redete Eddie über »Die Ausbreitung der Galaxien und die Erhaltung der Masse«. Carl war hin und weg vor Begeisterung und applaudierte zweimal. Mr. Clop hörte zu, war beeindruckt, fragte, was er für sie tun könne, und schloss ihre Stromleitung an Mrs. Goredinskys Zähler an.

Eddie bot auch politische Vorträge an, denn es herrschten Zeiten, die die Seele des Menschen erregen würden, wenn er menschlich wäre. Aus dem siebzehn Quadratmeter großen Zimmer, das Eddie mit Itzik Halbfunt, dem Affen seines Vaters, teilte, sah er Katastrophenbilder den Himmel verdüstern, bevor überhaupt jemand Rauch roch.

»Wer war der Feind?«, fragte er, um seinen Clubfreunden ein bisschen Geschichtsbewusstsein einzutrichtern. »Waren es die seefahrenden Völker? Troja? Rom? Die Sarazenen? Die Hunnen? Die Russen? Die Kolonien in Afrika, das stinkende Proletariat? Die Finanzhaie?«

Antworten darauf gab er gewöhnlich nicht. Diese umfassenden Fragen sollten sie mit ihren armen Hirnen ausspinnen, während er ins Michailovitch's enteilte, um einen Selleriesprudel zu trinken.

Er teilte seine Gewinne aus der Kakerlakentrennung mit den anderen. Das weckte ihr Interesse, und sie folgten höflich seiner philosophischen Herangehensweise – wie auch die Klienten, denen er die Pflicht des Menschen darlegte, sich so wenig wie möglich in die Natur einzumischen, außer zur Nahrungsbeschaffung (also zum Überleben), eine Urtragödie, die sich auch in den wilden Wäldern ständig neu vollzog.

Durch Lektüre und Nachdenken über Dinge jenseits der exakten Wissenschaften der Physik und Chemie ging er in seiner Arbeit vom idealistischen Kakerlakentrenner über zu einem Telefonwählsystem für Sozialhilfeempfänger innerhalb eines Umkreises von zehn

Blocks – und schließlich zu dem bekannten Kriegsdämpfer, der alle seine neuen Laborhelfer auf Trab
brachte, bei dem aber das Wichtigste seine eigene einsame Geduldsarbeit war.

»Eddie, Eddie, du verbringst zu viel Zeit damit«,
sagte sein Vater. »Was ist mit uns?«

»Euch?«, sagte Eddie.

Wie konnte er seine Pflichten im Teitelbaum-Zoo
vergessen, einer Tierhandlung, in der drei, vier vor lauter Sägemehl schorfige Köter im Schaufenster schlie-
fen? Im Inneren waren Goldfische in Aquarien mit fast
vierhundert Litern, vier Kanarienvögel sangen tju-uit-
tju-u-u – und alle warteten darauf, dass er ihnen Kör-
ner, Hack und Brei in ihre Futtereimer schüttete. Der
arme Itzik Halbfunt, der Affe aus Paris, wartete auch
und knabberte schon an seinem Barett. Itzik sah aus wie
Mr. Teitelbaums Onkel, der in den Epidemien von
40/41 am Jüdischsein gestorben war. Aus dem Grund
würde er nie verkauft werden. »Schade«, hätte ein Au-
ßenstehender dazu gesagt, denn ein gewisser Italiener
aus dem Viertel war angeblich bereit, 45 Dollar für den
Affen zu bezahlen.

Voller Kummer hatte sich Mr. Teitelbaum damals für
immer von seinen Nachbarn abgewandt, von den Menschen überhaupt, und blinzelte dann ein Leben lang wie
eine Katze, hüpfte wie ein Vogel und ließ den Kopf hängen wie ein Hund. Und wenn Eddie seine Abendpause
machte, sagte er immer nur wie ein Papagei: »Eddie, lass

die Tür nicht auf, ich und die Vögel, wir fliegen sonst davon.«

»Wenn du Flügel hast, Papa, flieg«, sagte Eddie. Und so lebte er Jahr um Jahr von Kindheit an: Er schaufelte Hundedreck und Vogelsamen, sah zu, wie die Goldfische in einem großen Glas mit Wasser weit weg von China schwammen und fraßen und starben.

Eines schön heißen, frühen Montagmorgens im Juli rief er die Jungs zusammen und schickte sie auf Erkundungs- und Kartiermission. Carl kannte den Keller wie seine Westentasche, aber Eddie wollte eine exakte Auflistung der Türen und Fenster in ihrem gegenwärtigen Zustand. In dieser Versuchsreihe ging es um drei Gebäude: die Nummern 1432, 1434, 1436. Eddie verlangte, dass sie genau Protokoll führten, damit er verlässliche Statistiken darüber bekam, wie viele Damen die Waschküchen zu welcher Zeit benutzten und wie heiß zu bestimmten Zeiten normalerweise das heiße Wasser war.

»Weil wir jetzt mit Gasen arbeiten. Gas dehnt sich aus, verdichtet sich, verteilt sich und kann verflüssigt werden. Wenn zu irgendeinem Zeitpunkt Gefahr besteht, werde ich mich darum kümmern und die Verantwortung übernehmen. Nur stellt euch nicht so dämlich an. Ich verspreche euch«, fügte er bitter hinzu, »eine Menge Spaß.«

Er bat sie, sich ein wenig mit dem Gebrauch von Werkzeugen vertraut zu machen. Carl als Sohn des

Klempners, Elektrikers und Allroundreparateurs Clop, war ein launiger, fordernder Lehrer. Während der lauten morgendlichen Waschmaschinenstunden bohrten sie unter seiner Aufsicht kaum sichtbare Löcher in die Kellerwände und verlegten verschleißfeste Gummischläuche. Die erste Testserie erforderte ein Netz feiner Leitungen.

»Ich bin die Hohlvene und die Aorta«, verdeutlichte Eddie es in einem Bild. »Was immer von mir weggeht, muss zu mir zurückkehren. Ihr seid die Ingenieure. Sucht den besten Weg, alle entlegenen Bereiche zu versorgen.«

Shmul wies darauf hin, dass er mit »versorgen« in Wirklichkeit »ersticken« meinte.

Am neunundzwanzigsten Juli waren sie so weit. Um acht Uhr dreizehn fand der erste Test in kleinem Maßstab und auf kleinem Raum statt. Um acht Uhr zwölf, genau vor dem Moment des Knalls,[*] wurde alles im Keller Übliche erledigt – Müll wurde von kleinen Behältern in große gefüllt; früh hellwache Großmütter, vor Schlaflosigkeit wackelig, warfen Wäsche in die großen Zuber; Jungs in Badehosen schoben Kinderwagen in den kühlen Morgen. Ein Kohlenlastwagen kam, schaltete in den Rückwärtsgang, fuhr rückwärts über den Bürgersteig, hielt an, schob seine schwarze Lade-

---

[*] Shmul Klein: *Der Moment des Knalls: Eine Kindheit in der Stadt.* Mitzvah Press

fläche in ein verrußtes Kellerfenster, und es begann zu rumpeln.

Mr. Clops Radio war laut. Bei der Arbeit, als er Fässer vor sich herrollte, sie mit Carls Hilfe die hölzerne Kellertreppe hochhievte und sich mit den Kohlenmännern um die Vorfahrt stritt, hörte er die Nachrichten. Er wollte wissen, ob die Sonne so grell wie immer herausrollen werde oder ob die Chance bestand, dass es regnete, denn sein Bruder zog in Jersey Tomaten.

Um acht Uhr dreizehn gab der Wecker im Labor den klingelnden Befehl. Eddie drückte auf einen Knopf im Unterbau einer gewöhnlichen Glaskaffeekanne, aus deren Tülle zwei Schläuche in die Wand verliefen. Ein leises Zischen folgte: Die Kaffeekanne dampfte und beschlug und wurde wieder klar.

Vierzig Sekunden später brüllte Mr. Clop: »Herr im Himmel, wer hat da gefurzt?«, obwohl es eigentlich nicht danach roch, wie Eddie der Bastler wusste. Zumindest sollte der Geruch grüner, stinktieriger sein, ähnlicher den Abschreckungsduftstoffen, die in die Tiere und Pflanzen eingebaut sind, nur stärker. Das Gebrüll der Kohlenmänner und die spitzen Schreie der alten Damen signalisierten Eddie sofort einen gewissen Erfolg.

Zufrieden drückte er auf einen weiteren Knopf unten an Mrs. Spitz' umgebautem Staubsauger. Der umgekehrte Prozess dauerte nicht länger als zwei Minuten. Das Glas trübte sich, die Tülle wurde zugestöpselt, der Geist kehrte in die Flasche zurück.

Eddie wusste, die Jungs würden ein bisschen länger brauchen, um von ihren Beobachtungsposten und den Leuten, die sie beobachteten, wegzukommen. Während dieser winzigen Zeitspanne rutschte ihm das Herz in die Hose, wie es Herzen manchmal nach einem großen Liebesakt passiert. Von Verzweiflung überwältigt, bekam er Migräne. Als Carl aufgeregte Neuigkeiten brachte, hörte er traurig zu, denn was ist das Leben?, dachte er.

»Mein Gott, toll!«, rief Carl. »Das geht in die Geschichtsbücher ein! Wahnsinn! Eddie, Eddie, ein Mysterium! Keiner weiß, wie, was, wo…«

»Trotzdem«, sagte Eddie. »Beruhig dich mal besser, Carl.«

»Aber hör doch, Eddie, da kommt keiner dahinter«, sagte Carl. »Wie lange hat es gedauert? Zu Ende war es ja schon, bevor die fette dumme Kuh Goredinsky aus unserem Klo raus war. Sie brüllte und zog sich ihren Liebestöter hoch und ihr Kleid runter. Ich habe von der Tür aus zugesehen. Es hat mich umgehauen. Sie darf das Klo nicht mal benutzen. Es ist unseres.«

»Ja-a«, sagte Eddie.

»Warte doch mal, warte doch erst mal einen Moment, hör zu. Mein Vater hat die ganze Zeit gesagt: ›Ach du lieber Gott, habe ich vergessen, irgendwo ein Abgasrohr zu öffnen? Du lieber Gott, was habe ich gemacht? Hab ich die Abzugsrohre kaputt gemacht? Sag's mir, sag's mir, hast du eine Ahnung?‹«

»Dein Vater ist ein sehr netter alter Typ«, sagte Eddie kalt.

»Das weiß ich selbst«, sagte Carl.

»Charakterschädel«, sagte Arnold, der gerade hereingekommen war.

»Schaut meinen Vater an«, sagte Eddie, der immer alles von der trüben Seite sah, aufgewühlt. »Schaut ihn an, er sitzt in dem Laden da, rasiert sich nicht, vielleicht zweimal die Woche. Manchmal bewegt er sich ein, zwei Stunden gar nicht. Nur wenn ihm die Nase läuft, wissen die Vögel, dass er lebt. Der verdammte Scheißkerl, früher kannte er sich total gut in Weltgeschichte aus, heute unterhält er einen Scheißzoo und den dreckigen Affen, der nicht mal geradeaus pissen kann.« … Die Bitterkeit darüber, dass er sich nicht entfalten konnte, und über seine Hosen aus zweiter Hand benahm ihm den Atem. Deshalb lachte er und erzählte ihnen mal die Wahrheit. »Kurz vor seiner Hochzeit war mein Alter schrecklich knapp bei Kasse und hatte eine irre Achtung vor Frauen (lasst's euch gesagt sein, Frauen achtet er) – und wisst ihr, was er da gemacht hat? Er hat sich in den Zoo in der Bronx geschlichen und es dort mit einem Schimpansen getrieben. Da seid ihr überrascht, was? Aber hört zu, sie verschifften das Baby ab nach Frankreich. Wenn mein Vater sich dazu bekannt hätte, wären wir jetzt reich. Ich werde stinkwütend, wenn ich daran denke. Er wäre der größte Sodomit in der Menschheitsgeschichte gewesen. Er wäre in Schweinekoben und Gestüten gefragt gewesen. Sie hätten ihm aus Irkutsk ein Telegramm geschickt, damit er an einem dieser verrückten Fremdbestäubungsprogramme teilnimmt. Was hätte er nicht alles für Winterweizen tun können! Das Arschloch erzählt immer allen, er wäre nach Paris gefahren, um zu sehen, ob seine Cousins noch lebten. Er war da, um meinen großen Bruder Itzik zu holen. Um ihn nach Hause zu bringen. Um meine Mutter und mich zu nerven.«

»Oah ...«, sagte Carl.

»Ach, deshalb«, sagte Shmul, der als Reporter ein bisschen spät kam und Eddie beipflichtete. »Deshalb bist du so klug geworden. Ständige Konkurrenz mit einem schrulligen Geschwisterkind ... Aha ...«

»Bitte«, sagte Arnold, sein Skizzenbuch kippelte ihm auf den Knien. »Bitte, Eddie, heb noch mal die Arme so wie eben, als du wütend warst. Da kriege ich eine Idee.«

»Dummköpfe«, sagte Eddie und spuckte auf den blitzsauberen Laborfußboden. »Eine Bande Dummköpfe.«

Doch trotz allem, die Vorstellung des neunzehnten Jahrhunderts, dass der Fortschritt den Dingen innewohnt, ist absolut korrekt. Denn Eddies Traurigkeit verflog, und die ersten Tage im August waren eine Zeit harter Arbeit und überbordender Geselligkeit. Die Quelle des starken ungiftigen Gases blieb ein Geheimnis. Die Jungs behielten es für sich. Außenstehende wunderten sich. Sie aber wussten Bescheid. Sie kippten

Cola wie ein Regiment, dass alle feindlichen Flipper erbeutet hat, ohne einen einzigen Tilt zu kassieren.

Man vergnügte sich an den Samstagabenden im Labor, laut ertönten die 45er-Schallplatten, es wimmelte von wunderbaren Frauen. Shmul verzeichnete alle Arten erstaunlicher Abenteuer … Er schrieb alles auf: Wie Mr. Clop eines Abends hereinschlenderte und Sicherungen suchte und Arnold gerade Aktzeichnungen von Rita Niskov machte. Sie hielt sich ein Destilliergefäß vor eine Brust, um es für Arnold technisch komplizierter zu machen; er war ehrgeizig. »Weiter so, weiter so, mein Sohn«, murmelte Clop, der alles missverstand.

An einem anderen Abend zog sich Blanchie Spitz, die einen Teelöffel Rum in ihren fast eineinhalb Litern Cola getrunken hatte, bis auf Schlüpfer und Büstenhalter aus und beschloss, zu den Klängen der Nussknacker-Suite Aufwärmübungen zu machen. »Ah, Blanchie«, sagte Carl, und ihm war fast übel vor Liebe, »tanz den Bauchtanz für mich, Süße.« »Ich weiß nicht, was ein Bauchtanz ist, Carl«, sagte sie, zählte bis acht und ging dabei in eine tiefe Kniebeuge. Arnold benutzte Ritas Rock, den er zufällig in der Hand hatte, als Lasso und fing sie ein. Dann zerrte er sie in eine Ecke, gab ihr eine Ohrfeige, zog sie an und fragte sie, wie viel sie nehme und ob auch von Verwandten. Bevor sie antworten konnte, schlug er sie wieder und nahm sie dann mit nach Hause, ihren Rock über eine Schulter geschlungen. Ein solcher Vorfall bringt eine ganze Nachbarschaft auf, da können die guten Werke noch so dicht aufeinanderfolgen. Ritas an einem Knopfloch aufgehängter Rock flatterte zwei Tage lang von dem eisernen Kellergeländer und wurde nicht abgeholt. Mädchen, schrieb Shmul im Vorwort seines kleinen Buches, leben ein Steinzeitleben in einer Höhle aus geblasenem Glas.

Eddie musste sich das meiste von diesem Klatsch und Tratsch von Shmul erzählen lassen. Denn ehrlich gesagt nahm er nur selten an den Festivitäten teil, weil Samstag der Kinoabend seines Vaters war. Mr. Teitelbaum hätte den Laden geschlossen, doch der Chef im Loew's weigerte sich, Itzik eine Karte zu verkaufen. »Zeigen Sie mir«, sagte Mr. Teitelbaum, »wo ›Affen müssen draußen bleiben‹ steht.« »Ich bitte Sie«, sagte der Leiter, »das ist der einzige Abend, an dem ich die Bude voll habe.« Itzik war nie allein gewesen, denn obwohl er ein intelligenter Affe war, war er in der Welt der Menschen dumm. »Oj wej«, sagte Mr. Teitelbaum, »wissen Sie, wie es ist, einen Affen als Haustier zu haben? Es ist, als zöge man einen Schwachsinnigen groß. Trotz alledem gewinnt man ihn sehr lieb, ist aber sehr gebunden.«

»Einerlei, hier kommt langsam Schwung in die Bude«, sagte Carl.

Etwa eine Woche nach dem unangenehmen Vorfall mit den Mädchen (der schließlich die gesamte Familie Niskov ungefähr sechs Straßen weiter in Richtung uptown trieb, wo man sie nicht kannte) berief Eddie ein außerordentliches Treffen ein. In drei Wochen sollte die Schule wieder beginnen, und er war entschlossen, die Versuchsreihe bis zum Ende durchzuführen, weil er den Beweis erbringen wollte, dass sein Kriegsdämpfer unter den Nationen zu vermarkten war.

»Übertreib mal nicht«, sagte Shmul. »Mehr als einen Riesengestank haben wir eigentlich nicht zu bieten.«

»Aber ungiftig«, erwiderte Eddie. »Egal, in welcher Konzentration – ungiftig. Vergiss das nicht, Klein, denn das ist ja das Schöne daran. Ein Kriegsgerät, das nicht tötet. Stell dir das vor!«

»Okay«, sagte Shmul. »Das geb ich zu. Und?«

»Shmul, du schaust doch immer genau hin. Was haben die Leute beim letzten Test gemacht? Haben sie nach Atem gerungen? Haben ihnen die Augen getränt? Was ist passiert?«

»Ich hab's dir schon gesagt, Eddie. Nichts ist passiert. Sie sind nur weggerannt. Wie ein geölter Blitz. Sie haben sich die Nase zugehalten und die Tür herausgerissen, und ein paar Jungs sind die Kohlenrampe hochgekraxelt. Alle haben aufgeschrien und sind dann gerannt.«

»Und dein Vater, was war mit dem, Carl?«

»Herrgottnochmal. Das hab ich dir doch schon hundertmal erzählt, er hat zugesehen, dass er rauskam. Dann ist er auf der Treppe stehen geblieben, hat sich die Nase zugehalten und überlegt, wer als Übeltäter in Frage kam.«

»Genau das meine ich ja, Jungs. Das ist die Lehre aus dem Kakerlakentrenner. Wer die Ruhe bewahrt, wer auf die Warnungen seiner Sinne hört, wird Generationen von Niederlagen überleben. Wer braucht das Erbgut einer Laus mit all der elenden Ansteckungskraft in ihrer Nukleinsäure? Wer? Ich habe mir zum politischen Vorgehen insgesamt noch keine Meinung gebildet, aber unser Job hier ist es jetzt auf jeden Fall, die technischen Feinheiten auszutüfteln. Okay, also, die Gummischläuche müssen hoch zum Parterre und in den ersten Stock der 1432, 1434 und 1436 verlegt werden, den drei zusammenhängenden Gebäuden. Bohrt das Michailovitch's an der Ecke nicht an, denn es könnte in seine Eisbehälter sickern, ins Fudge und alles, und sämtliche Lebensmittel habe ich noch nicht getestet. Wenn ihr euch heute und morgen ranhaltet, müssten wir Donnerstag fertig sein. Am Freitag steigt der Test; mittags müssten wir alle Berichte haben und wissen, ob unsere Erfindung steht. Noch Fragen? Carl, du besorgst die Werkzeuge, dafür bist du zuständig. Ich muss diesen verdammten Kaffeepot herrichten und sehen, wie es um den Motor steht. Wir treffen uns am Freitagmorgen. Gleiche Zeit – sieben Uhr dreißig.«

Dann rannte Eddie zurück in den Laden und säuberte die Vogelkäfige, die er von der ganzen Aufregung in seinem Kopf schon seit Tagen völlig vergessen hatte. Itzik hielt ihm eine Banane hin. Er nahm das Angebot an. Itzik schälte sie ihm, dann holte er sich auch eine. Er warf die Schalen in den Mülleimer, deshalb küsste Eddie ihn auf sein dummes Gesicht. Itzik sprang Eddie auf die Schulter und neckte die Vögel. Das gefiel Eddie überhaupt nicht, denn wenn man die Vögel zu sehr triezt, stecken sie einen mit Psittakose an (behauptete Eddie). Überprüft worden ist die Hypothese nicht, aber sie leuchtet ein; Leute, die einen hassen, niesen einem ja bekanntlich auch ins Gesicht, wenn ihre Schleimhäute am meisten geschwollen sind oder ihre Hälse alle möglichen Kugelbakterien beherbergen.

»Lass das, Itzikel«, sagte Eddie freundlich und setzte den Affen auf den Boden. Da hängte sich Itzik mit einem langen Arm an Eddies Schulter und aß die Banane hinter seinem Rücken. »So seh ich euch gern«, sagte Mr. Teitelbaum, als er im Laden vorbeischaute. »Jedenfalls ab und zu.«

Eddie war fast am Ende der Plackerei eines langen Sommers. Da konnte er es ertragen, glücklich und zufrieden zu sein.

Am Freitagmorgen warteten Carl, Arnold und Shmul draußen. Sie hatten massenweise Kaugummi und Lutscher dabei, die Eddie persönlich bezahlt hatte. Sie sollten dafür sorgen, dass die kleinen Kinder ruhig blieben und nicht in Panik gerieten. Sie hatten auch Notizbücher, und dahinein sollte jeder Junge seinen Bericht über jeweils ein Gebäude schreiben.

Drinnen schlug Eddie hart und abrupt auf den Knopf unten an dem Perkolator. Danach war alles ganz einfach. Menschen strömten aus den drei Häusern. Wegen des Tumults steckten nicht betroffene Mieter in den oberen Stockwerken die Köpfe aus den Fenstern. Die Regulierung war so fein, dass sie nur einen zarten Hauch abbekommen hatten und annahmen, dass es der übliche Geruch war, der morgens aus der rissigen Rückwand des Fischmarkts kam, drei Straßen weiter nach Osten.

Eddie hatte sich bereit erklärt, das Labor erst dann zu verlassen, wenn die Berichte der Jungs eintrafen. Als eine halbe Stunde vergangen war und sie noch nicht aufgetaucht waren, war er fassungslos. Er hatte nicht mal ein Buch zu lesen. Also beschäftigte er sich damit, seine selbst konstruierten Geräte auseinanderzunehmen und den pulvrigen Rückstand mit einem Trichter in einen Papierumschlag zu füllen, den er in der Gesäßtasche hatte. Plötzlich machte er sich um alle Sorgen. Was mochte dem klitzekleinen Michailovitch nicht alles passieren, der vor dem Laden seines Vaters saß und mit einem Jojo spielte und den ganzen Tag ein unverständliches Liedchen vor sich hin trällerte? Ein hilfloser Idiot, verflucht. Was war mit Mrs. Spitz? Ob sie mitten im Korsettanziehen innehalten, in Ohnmacht sinken und sich vielleicht den Schädel an einem Rokoko-Mahagonimöbel spalten würde? Was war mit Herzanfällen bei Leuten über vierzig? Was mit den kleinen Kindern der Susskinds? Ungebärdig, wie sie eh schon waren, wurden sie vielleicht derart um den Verstand gebracht, dass sie in den Müllschlucker sprangen.

Eddie schrubbte das Spülbecken und versuchte seine unseligen Fantasien im Keim zu ersticken, da ging die Tür auf. Zwei Polizisten kamen herein und legten Hand an ihn. Eddie schaute hoch und sah seinen Vater. Ihre Blicke trafen sich und lösten sich wegen unabänderlichen Leids nicht voneinander. Das war der Moment (sagte Shmul später, nach diesem und anderen Vorfällen), in dem Eddie kopfüber in das schwarze Herz einer tiefen Depression fiel. Verzweiflung nahm noch jahrelang seine gesamte Aufmerksamkeit in Beschlag.

Keiner fand wieder richtigen Kontakt zu ihm, um ihm zu erzählen, was passiert war. Wusste er, dass er den Tod aller Tiere seines Vaters verursacht hatte? Selbst die drei Schildkröten, verdammt noch mal, und alle Elritzen; sogar die Würmer, das Sonntagsmahl der Fische, hatten ausgekringelt. Auf dem Boden ihrer sauberen Käfige lagen die Vögel – tot.

Itzik Halbfunt fiel in ein Koma, aus dem er nicht mehr erwachte. Er lag in Eddies Bett auf Eddies neuer Matratze, unter Eddies Bettzeug. »Lasst ihn zu Hause sterben«, sagte Mr. Teitelbaum, »nicht in Gesellschaft von einem Haufen Pudel bei Speyer.«

Er streichelte ihm die magere Schulter, die kratzig und mit Fell dicht bewachsen war, und weinte: »Halbfunt, Halbfunt, du warst mein kleiner Freund.«

Wie liebevoll ein Mensch oder ein Arzt auch an die

Tür zu Eddies Verstand klopfen mochte, Eddie weigerte sich, »Herein« zu sagen. Carl Clop rief ihn laut, kam mehrmals mit einem Fernzug, der aber dort hielt, um ihm zu erzählen, dass eigentlich er es gewesen sei, der es für eine wunderbare Idee gehalten hatte, mal zu sehen, wie der alte Teitelbaum schreiend mit einem völlig aufgelösten Itzik herumrannte. Um sich an solch einem Anblick zu weiden, hatte Carl die Gummischläuche aus dem Keller der 1436 durch einen kleinen Schlitz mit dem hinteren Teil der Tierhandlung verbunden. Er hatte an der Ecke gewartet, und natürlich waren sie schließlich herausgekommen, Mr. Teitelbaum rannte, und Itzik schnappte nach Luft. »Mein Pech«, sagte Clop, »dass ich einen Sohn habe, der nichts ernst nimmt.«

Binnen nicht einmal drei Wochen wurde Eddie in die Obhut von Dr. Scott Tully gegeben, ärztlicher Leiter des »Heims für Jungen«. Die Polizei beschlagnahmte Shmuls Notizbücher, erfuhr aber nur Poetisches über Gesichter und Sexualverhalten pubertierender Knaben. Außerdem fand man den Entwurf eines Papiers, das Eddie für die Antivivisektionspresse geplant hatte und in dem er seine Selbstversuchsabenteuer bei den Experimenten zur Verträglichkeit von Gas beschrieb. Die Überschrift lautete KEIN VERSUCHSKANINCHEN HÄLT FÜR MICH DEN KOPF HIN. Eine wahnwitzige Idee, wie man von außen leicht erkennen kann.

Im »Heim für Jungen« kümmerte sich ein schielender, weiß bekittelter Muskelprotz von Wärter um Eddie. Seine kräftigen Eckzähne drückten sich in seine Unterlippe, seine Nase war glatt gebrochen und schlampig wieder zusammengewachsen. Es war Jim Sunn, und er war nett zu Eddie. »Weil er mir keinen Ärger macht, Mr. Teitelbaum, er is n braver Junge. Wenner die Augen aufreißt, weiß ich, dass er muss. Er is nich verrückt, Mr. Teitelbaum, er hat nur grad nichts zu sagen, das is alles. Ich hab so manchen Fall erlebt, machen Sie sich keine Sorgen.«

Mr. Teitelbaum hatte auch selbst nicht allzu viel zu sagen und fühlte sich dadurch mit Eddie verbunden. Er kam jeden Sonntag, setzte sich mit ihm auf eine Bank im Garten hinter dem »Heim« und schwieg; bei schlechtem Wetter trafen sie sich im Besucherzimmer, einem heiteren Rechteck, in dem überall Häkeldecken lagen. Eine Stunde lang saßen sie in bequemen Sesseln einander gegenüber, friedliche Menschen, dann riss Eddie die Augen auf, und Jim Sunn sagte: »Okay, gehn wir, Kumpel. Ein Nickerchen hat den Königen des Dschungels noch nie geschadet. Auch Bären halten Winterschlaf.« Mr. Teitelbaum stellte sich auf die Zehenspitzen und schloss Eddie in die Arme. »Mein lieber Sohn, mach dir nicht so viele Sorgen«, sagte er und ging nach Hause.

Zwei Jahre lang änderte sich nichts an der Situation. Eines kalten Wintertages hatte Mr. Teitelbaum die Grippe und konnte nicht zu Besuch kommen. »Wo zum Teufel ist mein Vater?«, knurrte Eddie.

Das war der Anfang. Danach sagte Eddie auch andere Sachen. Noch bevor die Woche um war, sagte er: »Ich bin die Paprikaschoten leid, Jim. Davon krieg ich Blähungen.«

Eine Woche später sagte er: »Was gibt's Neues? Long Island schon untergegangen?«

Dr. Tully hatte nie mit Eddies Rückkehr gerechnet. (»Wenn sie einmal diesen Weg genommen haben, sind sie verloren«, hatte er den Zeitungsleuten anvertraut.) Er lud einen Spezialisten von einer konkurrierenden, aber befreundeten Anstalt ein. Endlich konnte er mit Eddie den Rorschachtest machen, der ihn in seinem ursprünglichen Pessimismus bestätigte.

»Geben Sie ihm mehr Verantwortung«, schlug der Spezialist vor, was auch sofort geschah. Man erlaubte Eddie, den Zoo im »Heim für Jungen« zu besuchen. Schließlich hatte er einschlägige Erfahrung. Er durfte ein Kaninchen streicheln und zwei Dosenschildkröten necken. Es gab ein Rehkitz, das krank in seinem Käfig stand, sowie einen schaukelnden Affen, doch Eddie zuckte nicht mit der Wimper. In der Nacht erbrach er sich. »Schon wieder Paprika, Jimmy? Kann der Idiot nicht kochen? Immer nur Paprika?«

Dr. Tully erklärte, Eddie sei nun Helfer. Sobald eine Stelle frei werde, werde man ihm die alleinige Verantwortung für ein Tier geben. »Gott sei Dank«, sagte Mr. Teitelbaum. »Ein stummes Tier ist ein guter Freund.«

Schließlich war ein Junge geheilt, wurde nach Hause

zu seiner Mutter geschickt, und es gab die freie Stelle. Dr. Tully empfand es als glückliche Fügung, dass der geheilte Junge für die beliebteste Schlange im Zoo zuständig gewesen war. Weil die Schlange so beliebt war, war auch der Junge sehr beliebt gewesen. Seine Beliebtheit hatte sein Selbstbewusstein gestärkt; er hatte es zum Sprecher der Heiminsassen gebracht, Freunde und Schmeichler gefunden, war glücklich geworden und konnte geheilt der Gesellschaft zurückgegeben werden.

Am allererten Tag bewies Eddie, was in ihm steckte. Er säuberte den Käfig mit der rechten Hand und hielt die Schlange mit der linken weit von sich weg. Im Nu hatte er viele Bewunderer.

»Wenn du nach Hause gehst, kann ich den Job haben?«, fragte ein sehr netter kleiner Junge, der nur leicht zurückgeblieben war, doch einen Vater hatte, der sich schämte und bereit war, ein Vermögen hinzublättern. »Ich geh nirgendwohin, Kleiner«, sagte Eddie. »Mir gefällt's hier.«

An bestimmten Nachmittagen, kurz nach Milch und Keksen, musste Eddie seiner Schlange eine kleine weiße Maus bringen. Er ließ die Maus in den Käfig gleiten, und jetzt kommt, warum die Schlange so beliebt war: Sie fraß die Maus nicht sofort. Um vier Uhr versammelten sich die Jungs allmählich. Sie beobachteten, wie die Maus sich in die Ecke duckte. Sie beobachteten, wie die träge Schlange darauf wartete, dass Hungergefühle sie in ihrem schlängeligen Inneren kitzelten, von hinten bis vorn. Alle paar Minuten hob sie das Rückgrat und den Kopf, und die Jungs atmeten heftig. Irgendwann zwischen halb fünf und sechs begann die Schlange dann ziellos durch den Käfig zu gleiten. Die Jungs setzten kleine Einsätze darauf, wie lange sie das tun würde, sie gewannen oder verloren ein Stückchen Schokoladenkuchen oder eine Handvoll Rosinen. Plötzlich, aber ohne großes Getue (und man musste wirklich genau hinschauen), streckte die Schlange ihren langen Leib, riss ihr großes Maul auf und verschlang die winzige lebende Maus, die stets piepsend verschwand.

Eddie konnte es nicht verdammen, so war die Natur der Schlange nun einmal. Doch er zog sich die Kappe über die Augen und drehte sich weg.

Jimmy Sunn sagte eines Abends beim Essen zu ihm: »Rat mal, was ich gehört habe. Ich habe gehört, dass du deine Identität zurückgewinnst. Nicht schlecht.«

»Meine Identität?«, fragte Eddie.

Eine Woche später reichte er seinen Kündigungsbrief ein. Eine Kopie schickte er an seinen Vater. In dem Brief stand: »Danke, Dr. Tully. Ich weiß, wer ich bin. Ich bin kein Mäusemörder. Ich bin Eddie Teitelbaum, der Vater der Stinkbombe, und ich bin bekannt für meine Hingabe an eine Sache und meine Furchtlosigkeit im Angesicht der Folgen. Behelligen Sie mich nicht länger. Ich habe nichts zu sagen. Hochachtungsvoll.«

Dr. Tully verfasste einen Bericht, in dem er stolz auf seinen anhaltenden Pessimismus im Fall Eddie Teitelbaum hinwies. Das betrachtete man als bemerkenswert, waren die Hoffnungen doch groß gewesen, und seine Fachkollegen vergaßen es nicht.

Während Eddie seine Entscheidung traf, sich so bald wie möglich aus seinem Kopf zu verabschieden, wurden anderswo andere Entscheidungen getroffen. Mr. Teitelbaum beschloss zum Beispiel, an Kummer und Alter zu sterben – was sich oft überschneidet –, und danach musste sich kein Teitelbaum mehr um eine endgültige Lösung bemühen. Shmul begann in sich zu gehen und wurde von seinem Vater verstoßen.

Arnold verzog sich zur East 29th Street, wo er unter beträchtlichen Mühen und Ausgaben ein wunderbares Bordell hübscher Akte in Öl aufbaute.

Doch Carl, der Sohn von Clop, hatte mit Eddies Zunge gekostet. Er ging zum College und blieb jahrelang dort, um Atomphysiker in der Marine zu werden. Heute fährt er mit dem 8:07 mit all den Kiffern unserer Zeit und kämpft mit spitzen Piep-Piep-Tönen gegen den Sog. Er hat sich seine Frohnatur bewahrt und für diesen Dienst an der Welt gerade eine Frau bekommen, die aus den Rockettes entsorgt worden ist, weil sie zu schön war.

Der Kriegsdämpfer ist verdünnt unter Druck in Flaschen abgefüllt worden. Manchmal wird er auch als Teitelbaums Mixtur bezeichnet, und auf dem Etikett stehen die Inhaltsstoffe ins Spanische übersetzt. Er ist einer der größten Ungeziefervernichter aller Zeiten.

Für Philodendren und alte Familiengummibäume leider bisweilen zu stark.

Mrs. Goredinsky schützt ihre Küche immer noch mit dem Trenner. Als altmodische Dame lässt sie sich auf die Knie nieder und schrubbt mit vollem Körpereinsatz den Boden. Dabei sieht sie unweigerlich, wie die Kakerlake gefangen und von dem eifrigen Wechselstrom im eigenen Saft gegrillt wird. Sie schnipst die Kakerlake von der Wand. Sie lächelt und preist Eddie.

Die schwebende Wahrheit

An dem Tag, als ich anklopfte, lagen alle Lamellen flach. »Wo bist du, Lionel?«, rief ich. »In dem Dingens?«

»Um Himmels willen, sei leise«, sagte er und ließ mich einsteigen. »Ich bin die Kehrseite der Medaille.«

Ich schnipste ihm mit dem Zeigefinger gegen die Brust. »Du klingst nicht echt, Charley. Du bist ein falscher Fuffziger.«

»Komm rein und setz dich«, sagte er. »Mach dir nicht ins Hemd. Meine Waschmaschine ist kaputt.«

Ich war hier schon zu Besuch gewesen. Die Sitze waren mit abwaschbarem kariertem Plastik bezogen – pflegeleicht –, und auf dem Boden lag der übliche Rundumflausch. Philodendren wuchsen in anmutigem Durcheinander und hingen von der Ablage des Rückfensters.

»Wie um alles in der Welt kannst du beim Fahren genug sehen, Marlon?«

»Hm, meine Kleine, ich fahre nicht viel damit«, sagte er. »Es ist nicht verkehrssicher.«

Er bot mir einen Apfel aus dem Handschuhfach an.

»Die Zahnbürste der Natur«, sagte ich versonnen. »Wie geht's dir, Eddie?«

Er seufzte. »Besser als je zuvor.«

Er sprang zur Fahrertür hinaus und kroch auf den Rücksitz. So aufstiegsorientiert, um über Sitze zu klettern, war er nicht. »Ehrlich, heute Abend hätte ich dich bestimmt angerufen«, sagte er. Er stellte die Lamellen der Jalousien waagerecht, und von Osten her strahlte der grelle Morgen auf unsere bleichen Gesichter. Er nahm Papier und Stift aus einem Mahagoniaktenschränkchen, das hinten am Vordersitz angebracht war. »Kommen wir zur Sache«, sagte er. »Was willst du tun?«

»Wer will schon was tun?«

»Lass mich die Fragen stellen«, sagte er. »Was willst *du* tun?«

»Etwas ... Sinnvolles natürlich«, sagte ich. »Also, etwas beitragen ... Du weißt, was ich meine ... helfen, irgendwie ... was Gutes tun.«

»Bitte!«, sagte er verächtlich. »Vergeude nicht meine Zeit. Jedes Arschloch will Gutes tun.«

»Na, das ist ja nett«, sagte ich. »Was für ein wunderbarer gesellschaftlicher Trend. Gut zu wissen in diesen schrecklichen Zeiten.«

»Gut zu wissen ...«, quiekste er mit hoher Mädchenstimme. »Sei nicht blöde. Alle Zeiten sind schrecklich. Du hättest in einem kleinen Bauerndorf im Hundertjährigen Krieg leben sollen. Aber egal, ist dir klar, dass du mich pro Stunde bezahlst? Fangen wir also an. Was kannst du denn?«

Das war mir neu, dass ich ihn stundenweise bezahlte. Trotzdem, was weiß denn ich, vielleicht sind diese Zeiten entgegen allem Anschein ja doch nicht so schrecklich.

»Ich kann tippen. Ich habe einen dreimonatigen Sekretärinnenkurs gemacht und kann tippen.«

»Keine Bange«, sagte er. »Ich hab schon völlig unbeleckten Leuten Jobs verschafft. Ich könnte einen Kinderarzt in einer geriatrischen Klinik unterbringen.«

»Wenn du so toll bist, du Schaumschläger, wie kommt's, dass du nicht mal ein Zuhause hast?«

»Ich habe mich gerade erst selbst gefunden«, sagte er, nun nach innen gekehrt. Nach außen hin war er das genaue Ebenbild eines leeren Gesichts. Seine Augen waren blau. Die Pupillen dunkel und unbeweglich. Er betrachtete nie etwas aus dem Augenwinkel, sondern drehte immer den ganzen Kopf herum, um es anzuschauen. Sein Haar war blond und wurde im Eiltempo dunkler, bevor das Grau übernehmen konnte. Alle seine Geschlechtsmerkmale waren sekundär, was ihn nicht davon abhielt, mich nach unserem Arbeitstag zu bitten: »Drück mich mal, Kleine.« Ich hatte nicht das Geringste dagegen, umarmte ihn und kniff ihn sacht in den Hintern. Ich hatte den Eindruck, dass ihm das sehr gefiel. Ich gelte nicht gerade als stürmisch, aber ich bin gutmütig.

Ich kramte ein Schinkenbrot aus meiner Latzjeans und bot ihm eine Hälfte an. »Eigentlich bräuchte ich

Benzin«, grummelte er. »Ich wollte einen Mann abholen, der mich geschäftlich ins La Vie eingeladen hat.«

In dem Moment klingelte das Telefon. Er langte über den Vordersitz und nahm es ab. »Was für ein Glück, Edsel«, lachte er in sich hinein. »Du hast mich gerade erreicht, als ich an einer Parkuhr halten wollte. Bleib einen Augenblick dran, während ich in den Leerlauf schalte.« Er ächzte ausgiebig, als müsste er sich wegen der vielen Bruttoregistertonnen gewaltig anstrengen, und nahm dann das Gespräch wieder auf. »Ja? Wegen heute Abend? Ich weiß nicht, ob ich es schaffe ... Bin den ganzen Tag unterwegs ...«

Ich wedelte mit einem Dollarschein vor dem Rückspiegel. »Äh ... sagen wir, Viertel vor zehn, dann habe ich vorher Zeit zu essen ... Nein, nicht nötig ... Nein ... Na gut, wenn du darauf bestehst, dann darf ich dich aber wenigstens abholen. Ich komme um halb neun ... Fein ... Wunderbar, dass ich mal wieder mit dir reden kann. *Arrivederci*.«

»Hier«, sagte ich, »ist ein Dollar. Für Benzin.«

»Besten Dank«, sagte er.

Der Edsel, den er um halb neun traf – und der vor einem Portier unter einer Markise auf die Hupe drückte –, war Jonathan Stubblefield, aber versuchen Sie nicht, ihn telefonisch zu erreichen, er steht nicht im Telefonbuch. Seine Augen waren fahl wie der Mond. Die beiden Männer fuhren hin und her, mit Flachmann, wasserlos, sodalos, eislos, aufgetaut, und fielen einander ins Wort. Wegen des Mangels an Kommunikation wirkten sie wie Liebende.

»Hast du einen Partner?«, fragte Jonathan Stubblefield. »Ja, ein Mädchen«, sagte mein Kumpel, immer im Job. Jonathan Stubblefield missverstand. »Donnerlittchen!«, erwiderte er. »Ich habe auch eine Freundin, aber die verdammte Familie ... Was hältst du von der Familie?«, fragte er und versuchte, sein Leben als Ganzes zu begreifen.

»Der Menschheitsfamilie? Oh, an die glaube ich. Aber schau her, Edsel ... das Mädchen, von dem ich rede, ist keine Sexualpartnerin. Sie ist eine Geschäftspartnerin. Rege, hellwach, jung, charmant, clever, begeisterungsfähig. Wozu kannst du sie gebrauchen?«

»Junge, Junge«, sagte Jonathan Stubblefield verblüfft. »Verkehrt herum, querfeldein, ihre Entscheidung, was immer sie will.«

»Du missverstehst mich immer noch. Ich bin mit ihren Geschäftsangelegenheiten befasst.«

»Also«, sagte Jonathan Stubblefield. »Ach so«, sagte er, »in dem Fall schick mir ihren Lebenslauf«, und sackte weg.

»Aber du hast ihm gar nichts von mir erzählt«, beschwerte ich mich am nächsten Nachmittag.

»Warum sollte ich? Er hat mir auch nichts von sich erzählt. Glaubst du etwa, Stubblefield ist sein richtiger

Name? Was ist los mit dir? Setz dich nicht auf den Präsentierteller. Was bist du – eine gebratene Ente, von der man sich mit Blechbesteck beliebig absäbeln kann? Halt dich bedeckt. Dreh dich auf die Seite. Lass sie raten, ob du gefüllt bist. So bin ich dahin gekommen, wo ich jetzt bin.«

Seine Vorstellungen waren reichlich kraus und von vorn bis hinten falsch; mir drängte sich eine Erinnerung an mich selbst auf – was war ich für ein Grünschnabel –, an den Tag, an dem ich lernte, dass die kürzeste Entfernung zwischen zwei Punkten ein großer Kreis ist.

»Egal, du solltest in knapperen Sätzen denken«, meinte er, obwohl ich kein Wort gesagt hatte. Der alte Richard Spürnase; er blickte gleich durch bis zum Kern der Sache, meinem Satzbau.

»Hm, also fahr doch einfach ein paar Tage irgendwohin. Vielleicht nach Hause. Wie wär's mit zu Hause? Geh ins Kino. Mir ist scheißegal, wo du hingehst. Bis dahin habe ich den Lebenslauf fertig. Ich weiß, was Edsel will. Er ist ganz scharf darauf, eine Angestellte zu haben.«

»Was immer du meinst.« Irgendwo musste ich ja anfangen. Ich hatte meinen Kurs vor sechs Wochen beendet und allmählich das Gefühl, ich sei unvermittelbar.

Ich quälte mich aus dem Auto. Ein Polizist kam zur Tür und warf einen behördlichen Blick darauf. »Hör zu, Arschgesicht, ich hab dir schon am Dienstag gesagt, beförder diesen Kadaver von Wagen in die ewigen Jagdgründe.« Er war einer von den Cops mit Uniabschluss und wegen der Pension dabei. Sicherheit hat Priorität. Wie kann man sonst der Zukunft entgegensehen?

»Mein Tank ist leer«, flüsterte mein Kumpel mit zartem Stimmchen.

»Hier ist ein Dollar«, erwiderte ich. »Für neues Benzin.«

Es regnete drei Tage lang. Am vierten bekam ich morgens ein Telegramm. TELEFON KAPUTT. ÜBLICHER TREFFPUNKT. MIT EDSEL. UND DU BIST DRIN WIE ERROL FLYNN.

Mittags kam ich dazu, wie sie neue Weißwandreifen bewunderten. (Es waren gute Zeiten.) Ich hatte mich in Schale geschmissen, und sie hatten sich in Schale geschmissen. Jonathan Stubblefield beäugte mich. Seine Augen waren wirklich fahl wie der Mond. Er blinzelte, und eine Träne rollte ihm über die glatte Wange. »Ich habe einen verstopften Tränenkanal«, erklärte er.

»Wie wär's mit dem Vilamar, da können wir reden.« Stolz fügte er hinzu: »Geht alles auf mich.«

Wir liefen sofort los, im Gänsemarsch, Stubblefield vorneweg. In der Cafeteria setzten wir uns ehrfurchtsvoll um einen sich drehenden Gewürzaltar und begannen uns gegenseitig die Ehre zu erweisen.

»Sie wirken so jung«, sagte Jonathan Stubblefield. »Ich kann gar nicht glauben, dass so viel Zeit vergangen ist. Schauen Sie mich nur an. Ein Mann von einunddreißig. In meinem Kopf ein fotostatisch exaktes Bild des

Angriffs auf Pearl Harbor. Ich sehe es immer noch ganz klar vor mir ... Der Schnee hat die Felsen gerade mal getupft –«

»Schnee?«

»Schnee. Absolute Stille und dann das irrsinnige Dröhnen und dann der Krach. Und dann stürzte die ganze Welt in die Katastrophe.«

»Oje!«

»Sie waren zu jung. Aber ich erinnere mich – Genf, Jalta, die Konferenz in San Francisco, der viel geschmähte Acheson; auf jenen Tagen ruhte die Hoffnung der Welt. Ich erinnere mich daran wie gestern.«

»Ehrlich?«

»Was für Erinnerungen könnt ihr jungen Leute von heute schon haben? Angeblich interessiert ihr euch ja nur für Klamotten und Drogen. Ihr habt keinerlei Geschichtsbewusstsein; ihr habt keinen Sinn für Tragik. Was ist Elsass-Lothringen? Können Sie mir das sagen, meine Liebe? Vor welchen Problemen steht es bis heute? Das wisst ihr nicht. Nicht un-schuldig, sondern un-wissend.«

»Sie haben recht«, sagte ich.

»Natürlich habe ich das«, sagte er. »Das können Sie nicht bestreiten. Die Wahrheit pendelt sich irgendwo ein und bleibt in der Schwebe.«

»Kaffee?«, fragte Roderick, der Mittelsmann.

»Für mich nicht«, sagte Edsel. »Bratapfel für mich. Und Lachssalat. Vielleicht eine Götterspeise. Ich bin auf Diät.« Er tätschelte seinen Bauch. »Jetzt erzählen Sie mir was von sich. Ich will Sie besser kennenlernen.«

Ich warf meinen Pferdeschwanz, der von natürlichen Ölen glänzte, nach hinten und sagte: »Was soll ich sagen?«

»Sie können mir von sich erzählen. Wer Sie sind, wo Sie herkommen, was Ihre Interessen sind, Ihre Hobbys. Wer ist zum Beispiel Ihr Lieblingsfreund?«

Ich sagte ihm, wer ich war, woher ich kam, was meine Interessen und Hobbys waren. »Aber ich warte immer noch, dass der Richtige aus dem Westen kommt.«

»Sie und ich, wir haben viel gemeinsam«, sagte er betrübt. »Ich warte auch immer noch auf den Richtigen. Ich zitiere natürlich. Ich meine, *die* Richtige. Sie kleiden sich übrigens wunderschön. Sie sehen wie eine Rose aus. Ja, eine Rose, die wäre angebracht.« Zart berührte er den Teil meines Dekolletés, der am weitesten vom Kinn entfernt war.

Er schaute auf seine Uhr, in deren Zifferblatt irgendwo ein Barometer steckte. »Der Luftdruck steigt; ich muss los. Entschuldigen Sie mich bei unserem Freund. Sagen Sie ihm, Sie sind angestellt, vorbehaltlich des Lebenslaufs. Den Lebenslauf muss ich haben. Ohne Papiere mache ich keine Verträge.«

Er stand auf und wandte den Blick langsam von der Damentoilette zum Warmhaltetresen, der Luke, durch die die Schnellgerichte gereicht wurden, den gewaltigen Kaffeemaschinen und schließlich zu den großen Türen, die dort verharrten, wo die Gummistopper sie fest-hielten.

»Ich bin der Herr all dessen, was ich sehe«, murmelte er. Er lächelte mir wohlwollend ins strahlende Gesicht, machte dann auf dem Absatz kehrt, was klang, als ändere sich die alte Ordnung, und verschwand in der Götterdämmerung der Drehtür.

»O Everett, was für ein interessanter Mann!«, sagte ich. Wir teilten uns den Lachssalat, doch der Nachtisch erinnerte mich an Chemielabor.

»Na, was hältst du von ihm? Nicht schlecht. Er ist das Zukunftsmodell. Ein Mann, der Muße zu nutzen weiß. Hier ist der Lebenslauf.« Er war sehr geschäftsmäßig und gab mir, während er Butter auf ein hartes Körnerbrötchen strich, zu meinem eigenen Besten, Anweisungen. »Tipp ihn ab. Tadellos … es muss aber selbst getippt aussehen; wie das Original. Vielleicht solltest du einen Fehler einbauen. Wenn er meint, du hättest die Straßen der Stadt damit gepflastert, dann wird das nichts … Schau dir das Ding an. Es war einen Tag Arbeit, und ich bin regelrecht stolz darauf.«

Ich blätterte ihn durch und las. »Meine Güte, das sind ja drei volle Seiten. Ist dir bewusst, dass es drei Seiten sind?«

»Na, siehst du!«, sagte er stolz.

»Nein, bitte, das ist lächerlich. Was mach ich, wenn er einen von den Leuten anruft?«

»Nein, nein, nein. Er *will* dich einstellen. Er mag dich

total; er will dein Freund sein. Wenn er all die Worte sieht, freut er sich und braucht sich nicht mehr mit Zweifeln rumzuplagen. Vielleicht liest er sie nicht mal.«

Ich schaute noch mal darüber. Im Folgenden nur einige der Jobs, mit denen er meine Vergangenheit ausgestattet hatte. Der erste in der Werbung:

DAS GRÜNE HAUS: In acht aufregenden Monaten habe ich den Markennamen GRÜNES HAUS auf sieben verschiedene Weisen in der Öffentlichkeit präsentiert – alle nicht teuer: Zweifarbige Plakate wurden verteilt. Ohne Text. Ein grünes Haus auf eierschalenfarbenem Hintergrund. Zweifarbige Streichholzbriefchen – auch ohne Text. Zweifarbige Geschäftskarten für alle Mitarbeiter. Das Grüne Haus selbst wurde schließlich grün gestrichen. Überall in der gesamten Innenstadt, wo die Leute es am wenigsten erwarteten (an Parkbänken, Laternenpfählen etc.), wurde in grüner Farbe die Frage gestellt: Was ist grün? In winzig kleinen Buchstaben unten rechts die Antwort: Das Grüne Haus ist grün.

»Was zum Teufel ist das Grüne Haus?«

»Weiß ich nicht«, kicherte er.

Hier noch was, diesmal unter der Überschrift Öffentlichkeitsarbeit:

Der Philadelphia: Ein Verband von Leuten, die im Rechtswesen und benachbarten Bereichen arbeiten, stellte mich ein, um überall Frauen mit ihren rechtlichen Möglichkeiten bekannt zu machen. Fünf Monate bin ich unter dem Namen Gladys Hand mit Bus, Kombi, Bahn und sogar Flugzeug unterwegs gewesen. Binnen neun Monaten gab es 11 Prozent mehr Nutzer juristischer Dienstleistungen. Die Durchschnittsgebühren stiegen gegenüber dem Vorjahr um 7,20 $. Die vielen Termine bei den Gerichten machten in sieben Staaten Gesetzesänderungen erforderlich. *Der Philadelphia* schrieb diese Fortschritte meiner Arbeit zu.

Des Weiteren:

Das Kücheninstitut: Mit dem Magazin »Heim und Herd« aus dem Verlag des Kücheninstituts initiierten wir einen hoch budgetierten Plan, Frauen wieder in die Küche zu bringen. »Die Küche, die Sie verlassen, ist vielleicht Ihr Zuhause« war einer der vielen Slogans, die wir einsetzten. In Radio und Fernsehen ebenso wie mittels Annoncen in Männerpublikationen und auf Männerseiten in Zeitungen (Sport, Finanzen etc.) forderten wir die Männer auf, jeden Abend, wenn sie zur Tür hereinkamen, ihre Frauen zu fragen: »Was gibt's zu essen?« Auf diese Weise hoben wir das Image von Frauen in der Küche allenthalben, und der Bedarf an und der Wunsch nach Küchen stiegen rasant.

Ganz zum Schluss, als sei es absolut unwichtig, hatte er »Weitere Daten« getippt und dann aufgezählt: ledig, dreiundzwanzig, Absolventin des Green-Valley-Frauen-College. Zusätzliche Seminare in Short-Story-Schreiben und öffentlichem Vortrag an der Sorbonne. Verantwortlich für die Durchführung gesellschaftlicher Veranstaltungen an der Highschool.

»Meine Güte«, sagte ich. »Das Letzte ist total albern.«

»Du findest es vielleicht albern, aber wenn er es überhaupt liest, dann zumindest die letzte Zeile, und die wird ihm gefallen. ›Ein Mädchen, das so unternehmungslustig ist, um diesen Job in der Highschool zu machen, wirbelt vielleicht immer noch‹ – so seh ich das.«

»Hör mal«, sagte ich zwei Tage später zu ihm. »Ich bin keine dreiundzwanzig.«

»Aber bald, aber bald«, versicherte er mir.

An dem Nachmittag half ich ihm, die Philodendren zu gießen. Ich war ein wenig aufgeregt, weil ich an der Schwelle zu meiner Zukunft stand, und über den Rücksitz tropfte ein bisschen Wasser und sammelte sich in den Polsterritzen.

»Mein Gott, manchmal bringst du mich zur Weißglut«, sagte er und riss mir die Gießkanne aus der Hand. »Kannst du nicht aufpassen?« Der arme Dick, seine Nerven flatterten wie eine aufgeregte Hühnerschar. »Du bist grottendämlich!«, kreischte er, goss die letzten Tropfen in einen offenen Aschenbecher und besprenkelte die Fenster. »Hol was, hol was«, schrie er. Ich rannte hinunter in den Laden und kaufte eine alte *Times* vom Sonntag, um zu helfen, die Sauerei wegzumachen. Ich begriff, dass er allen Widrigkeiten zum Trotz nur versuchte, ein Zuhause zu schaffen. Als ich wiederkam, war er am Telefon: »Hier geht's nicht. Hier sieht's schlimm aus! Ich hol Sie ab. Ich will die Sache abschließen. Es dauert jetzt alles schon zu lange … Ich habe zehn Prozent gesagt … Zehn Prozent will ich haben. Das ist doch nicht übertrieben.«

»Was für eine Sache?«, fragte ich.

»Eine große Sache«, flüsterte er gewichtig. »Okay.«

Das Telefon klingelte wieder. »Edsel!« Er strahlte. »Lange nicht gesehen. Auch lange nicht gehört … Natürlich«, sagte er. »Haha. ›Ob sie Steno kann?‹ Süße, er will wissen, ob du Steno kannst! Haha, Edsel, sie hat ein höllisches Tempo drauf!«

»Ich kann es nicht«, flüsterte ich.

Er drehte sich um, bis er mich zu packen kriegte, und trat mir vors Schienbein.

Dann legte er auf. »Okay«, sagte er. »Geh hin. Er liegt dir zu Füßen. Viel Glück. Meine Rechnung kriegst du morgen mit der Frühpost.«

So also bekam ich meinen ersten Job. Mit wachen Sinnen trat ich in die Geschäftswelt ein. Ich beobachtete still und hörte gierig zu. Fünfmal die Woche morgens um neun öffnete ich die schwere Eichentür, auf der ein Schild in großen Jugendstil-Lettern STUBBLEFIELD verkündete. Meine Bleistifte waren immer gespitzt. Für den Fall, dass eine Frage zum Zeitgeschehen aufkam, las ich die Morgenzeitungen am Morgen und die Abendzeitungen am Nachmittag.

Es stimmte, er hatte unbedingt eine Angestellte haben wollen und wirkte zufrieden. Oft rief ihn seine Mutter an und bat ihn, bitte zum Lunch oder zu einem Cocktail zu kommen. Gelegentlich rief auch sein Vater an, hinterließ aber seinen Namen nicht. In plausiblen Abständen musste ich sagen, er sei geschäftlich außerhalb der Stadt unterwegs. Er vertraute mir den Schlüssel an, und wenn er für zwei, drei Tage fort war, hatte ich die gesamte Verantwortung.

Ich hatte vor, mindestens ein Jahr in dem Job zu bleiben, um die Arbeitsabläufe im Büro und Durchhalten zu lernen.

Doch eines Montags, gegen zehn Uhr, ging die Tür auf und eine Kamelhaarblonde erschien, Kaschmir ihr bevorzugtes Textil. »Mr. Stubblefield hat mich gerade eingestellt«, sagte sie, »über die Western Union.« Sie hielt mir ein gelbliches Blatt Papier unter die Nase. »Bei der letzten Abschlussfeier habe ich ihn in Bronxville kennengelernt.« Sie schaute sich um. Die Wände waren malvenfarben und die Aktenschränke militärgrau. »Ach, ich liebe ein Zweimädelbüro«, sagte sie in der Erwartung, sich gut mit mir zu verstehen. »Wie ist er? Zahlt er Abfindungen?«

Nach ihr kamen ein Schreibtisch und ein Junge aus Long Island von der Bell Telephone Company. Ich schwieg fein still, legte aber meine *Time* zu den Akten und faltete meine *New York Herald Tribune* auseinander. Ich spitzte meinen Bleistift noch einmal und fuhr fort, all das zu unterstreichen, was unterstrichen werden musste.

»Viel Papierkram?«, fragte Serena, eine kühle Version meines früheren Ich. Dazu hatte ich nichts zu sagen.

Jonathan Stubblefield steckte den Zinken aus seinem Büro. »Macht euch miteinander bekannt, Mädels. Ihr seid genau gleich alt.«

Diese Mitteilung brachte mich auf die Palme.

»Sie wissen gar nicht, wie alt ich bin«, sagte ich. »Aber auch egal, wozu brauchen Sie sie? Ich erledige die Arbeit schon. Ich mache meine Sache hier zu Ihrer vollsten Zufriedenheit. Das ist ein vorsätzlicher Schlag ins Gesicht. Wirklich.«

»Wir sind mitten in einer expandierenden Wirtschaft, Herrgott noch mal!«, sagte Jonathan Stubblefield. »Seien Sie nicht so empfindlich. Außerdem fand ich, könnten wir ein paar Leute mit College-Abschluss gebrauchen.«

»Aber es gibt gar nicht genug Arbeit«, sagte ich tapfer. »Es gibt nichts zu tun.«

»Ist das meine Firma, oder nicht?«, sagte er streitlustig. »Wenn ich will, kann ich vierzig Leute anheuern, die nichts tun. NICHTS.«

Ich schaute Jonathan Stubblefield an, dem die Tränen gekommen waren – nur wegen seiner Tränenkanäle –, der aber dennoch die Wahrheit auf seiner Seite hatte.

»Es gibt Platz für alle«, sagte er. Und er änderte seine Meinung nicht. Vermutlich hatte er mich von Anfang an nicht gemocht.

Da ich das Telefon nie für private Zwecke benutzte,

musste ich bis fünf Uhr warten, um meinen Berufsbera-
ter von einem öffentlichen Telefon aus anzurufen.

»Beruhig dich, Kleine«, sagte er und gab mir Längen-
und Breitengrad seines Standorts an. »Ich weiß nicht,
worüber du reden willst. Du schuldest mir ohnehin
schon fünfzehn Dollar.«

In der Stadt herrschte viel Verkehr, und es war fast
dunkel, als ich bei ihm ankam. Ich hatte ein Sandwich
mit hellrosa Roastbeef und Krautsalat gekauft und dieses Geschenk mit zwei grünen Gummibändern um-
wickelt. Doch er lachte mir ins Gesicht. »Ich gehe nur
noch aus zum Essen; ich hasse es, hier mit Getränken
und Essen herumzuhantieren.« Wir gaben das Sandwich einem vorbeigehenden kleinen Mädchen, das sofort die Aluminiumfolie abriss und den Inhalt in die
Gosse warf. Die Folie faltete es akkurat und steckte sie
in die Tasche.

Grantig machte Sam die Autoheizung an und dämpfte
das Licht. »Oh«, sagte ich, »was ist das jetzt hübsch
hier. Sind das – Krokusse?«

»Genau«, sagte er, »Krokusse. Ich bin einigermaßen
stolz darauf, dass ich sie im Herbst ziehe.«

»Wunderschön!«, sagte ich noch einmal.

»Also«, sagte er, »was willst du? Wie ist die Arbeit?«

»Was für eine Arbeit? Das nennst du Arbeit?«

»Du bist mir eine«, sagte er und schob mir die ganze
Schuld in die Schuhe. »Was hast du denn erwartet – dass
du Schutzimpfungen gegen Polio verabreichst?«

»Was ist daran so schlimm? Es gibt Schrecklicheres auf der weiten Welt.«

Er sah mich groß an und nahm mir alle Hoffnung. »Und wie willst du dann weitermachen? Lass dir eines gesagt sein. Ich habe dich zu Edsel geschickt ... Ich habe drei Tage an dem Lebenslauf für ihn gearbeitet, weil ich glaube, dass Edsel auf dem Weg nach oben ist und alle, die an Bord sind, mitnimmt. Glaub mir, was du jetzt tust, ist eine der besten Erfahrungen, die ein junger Mensch machen kann, der die Segel für morgen setzt. Ja, ja«, fuhr er gleichmütig fort und drehte sich ein wenig herum, um zu sehen, ob ich noch mehr ertrug, »ja, ja – du könntest mehr tun. Wenn du es wirklich ernst meinst, könntest du dir die Schuhe ausziehen und dich mit einem Schild, auf dem ›ER HAT SICH FÜR MICH GE-OPFERT‹ steht, an eine Straßenecke stellen.« Er hielt inne. Ich sagte nichts dazu, weil ich auf den entscheidenden Hinweis wartete, der mir sagen würde, wie es weiterging, falls es weiterging. »Oder«, schlug er vor und seine Miene hellte sich auf, »verlass die Wohnstätten der Menschen – wie ich.«

Vor Entsetzen rutschte mir das Herz in die Hose.

Er fand, er sei weit genug gegangen, und wir lehnten uns in dem rosigen Dekor zurück und rauchten uns von einem ehrlichen Schweigen zum anderen. Endlich schnitt er aus seinem üblichen Gesicht eine Fratze, hob eine Augenbraue und drehte sich wieder um. »Ach, was soll's, Kleine.«

»Wohl wahr«, sagte ich. Ich schuldete ihm etwas und bezahlte es ihm fristgerecht. Dann aber war Sabbat. »Es ist Morgen, Morton«, sagte ich. »Gute Nacht!«

Er brachte mich bis zum Kofferraum.

»Ich bin nicht sauer«, sagte ich. Wir gaben einander die Hand, und ich ging meines Wegs.

Ich war auf die Zukunft ausgerichtet, doch es fällt mir schwer, mich von Erfahrungen zu trennen. Bevor ich den U-Bahneingang erreichte, drehte ich mich um und warf einen letzten Blick zurück. Er stand vor seinem Auto und schaute die Straße auf und ab. Keine Menschenseele in Sicht. Nicht einmal ich.

Dann pinkelte er. Er pinkelte nicht wie ein Junge, der erwartet, über einen Kontinent hinwegzupinkeln, sondern wie ein Mann – in eine Pfütze.

»Gute Nacht!«, rief ich in der Hoffnung, ihn zu erschrecken. Aber er hörte mich gar nicht, sondern betrachtete den staubigen Dreck, den er aus dem Rinnstein durch unsichtbare Tunnel ins Meer spülte. Er schnallte den Gürtel enger und zog wegen des Wetters die Schultern ein. Nachdem er die Wohnstätten der Menschen verlassen hatte, hatte er verständlicherweise ein gewisses Problem. Wenn er einen günstigen Platz fand, ging er in den Stadtpark. Sonst musste er dunkle Einbahnstraßen benutzen, um was für die Wasserstände dieser luftkranken Erde zu tun.

Ich kratzte aus mehreren Taschen fünfzehn Cents zusammen und ging die U-Bahntreppe hinunter, da hörte ich ihn rufen. In aller Bescheidenheit glaube ich, dass er mich rief ... »He, Schöne!«, beteuerte er. »Du bist selbst ein wahres Kind des Tages.«

Interview mit Grace Paley (1982)[*]

Ms. Paley, wie haben Sie mit dem Schreiben angefangen? Waren Sie schon immer Schriftstellerin? Wann haben Sie zum ersten Mal etwas veröffentlicht?
Eigentlich bin ich immer Schriftstellerin gewesen. Mein Leben lang, schon seit meiner Kindheit habe ich Gedichte geschrieben. Manche waren vielleicht nicht so toll, aber immerhin waren es Gedichte. Veröffentlicht habe ich sehr wenig, das eine oder andere Gedicht, seit ich zwanzig war, aber erst mit über dreißig habe ich angefangen, Geschichten zu schreiben. *Die kleinen Widrigkeiten des Lebens* wurden gleich als Buch veröffentlicht, und nur ein paar der Geschichten darin erschienen vorab in *Accent*, einer kleinen Literaturzeitschrift.

Was hat Sie von der Lyrik zum Kurzgeschichtenerzählen gebracht?
Eigentlich galt meine größte Leidenschaft der Lyrik, ich habe gedichtet, wo ich ging und stand. Aber irgend-

[*] Peter Marchant, Mary Elsie Robertson: »A Conversation with Grace Paley« (1982), Erstabdruck in: *Massachusetts Review* 26.4 (1985), zitiert nach: *Conversations with Grace Paley*, ed. by Gerhard Bach, Blaine H. Hall, Jackson: University Press of Mississippi, 1997, S. 117–125.

etwas an meinem Gedichteschreiben kam mir falsch vor. Ich kriegte es nie richtig hin, ich habe einfach nie meine eigene Stimme gefunden. Einer der Gründe dafür war sicher, dass ich so gern Gedichte las und so viele las und ein sehr starkes literarisches Gespür für Poesie hatte; aber mit der Zeit wusste ich nicht mehr, über was ich in Gedichten nachdenken wollte, wie ich in ihnen den Stoff, der mich zum Schreiben von Geschichten brachte, verarbeiten sollte – das Leben von Frauen und Männern und besonders von Frauen in der Zeit damals. Ich meine nicht, dass das in Gedichten nicht möglich ist; vielen Dichtern ist es gelungen, mir aber nicht; ich musste Geschichten erzählen. Ich beugte mich dem Druck der Thematik, die meisten Schriftsteller geben das nicht gern zu.

Jedem Leser Ihrer Geschichten fällt sofort auf, dass Sie über eine ungeheure Stimmenvielfalt verfügen. Ich habe mich gefragt, ob eine Geschichte für Sie damit beginnt? Hören Sie im Kopf eine Stimme, und folgt alles andere daraus?

Richtig! Bei vielen meiner Geschichten passiert genau das. Deshalb konnte ich sicher auch mit dem Schreiben von Geschichten beginnen. Als ich genug Stimmen hörte, konnte ich meine eigene daraus erschaffen.

Wie haben Sie den Weg zu genau dieser Ausdrucksform gefunden, Ihrem ganz eigenen, sehr authentischen

Klang? Gab es ein bestimmtes Muster, dem Sie gefolgt sind, oder hat es sich von selbst ergeben?

Zum einen hatte ich schon eine Menge Gedichte geschrieben, und die Kurzgeschichte scheint mir in vielerlei Hinsicht eher zur Lyrik zu tendieren als zum Roman. Es war mir ja nie in den Sinn gekommen – damals waren meine Kinder noch klein, vielleicht fünf und drei Jahre alt –, dass ich die zum Romanschreiben notwendige unbegrenzte Zeit finden würde. Und da ich bis dahin noch keine Prosa verfasst hatte, begann ich natürlich mit *Kurz*prosa. Die erste Geschichte hieß »Das Preisausschreiben« und die zweite »Auf Wiedersehen und viel Glück«. Dass ich mit der kurzen Form umgehen konnte, verdanke ich aber dem Gedichteschreiben.

Neigen Sie dazu, viel zu ändern, oder schreiben Sie eher schnell?

Über manche Geschichten denke ich immer und immer wieder nach und schreibe sie dann recht schnell nieder. Wie zum Beispiel die besonders kurzen, nur ein oder zwei Seiten langen Geschichten. Ab fünf Seiten kostet mich alles viel Zeit. Da schreibe ich manchmal die ersten Seiten nieder und warte, ohne groß darüber nachzudenken, wann die Geschichte fertig wird, ein halbes oder ganzes Jahr darauf, dass sich der Rest entwickelt. Ich überarbeite schon beim Schreiben und später auch noch viel.

Es klingt, als hätte es zum Teil an den Kindern gelegen, dass Sie keine Zeit für längere Prosaversuche hatten. Haben Sie trotz der Kinder geschrieben oder als Ausgleich zu den Kindern?

Ach was, ich fand es wunderbar mit den Kindern. Nein, ich habe die Geschichten geschrieben, weil ich es gewohnt war, wie eine Schriftstellerin zu denken; das heißt, ich war es gewohnt zu schreiben, weil es mir beim Denken half. Auch als ich nur Gedichte geschrieben habe, hatte ich, selbst wenn die Kinder dabei waren, immer Zettel in der Hosentasche, im Park oder sonst wo, ich habe einfach immer und überall geschrieben. Aber bevor ich begann, Geschichten zu schreiben, war ich zufälligerweise krank gewesen und die Kinder in einer Kindertagesstätte – ich wüsste nicht, was ich ohne diese Betreuung gemacht hätte –, und so konnte ich auf einmal mit dieser schwierigen Aufgabe, dem Arbeiten in einer anderen Form, beginnen. Ich hatte keine Monate, aber immerhin einige Wochen lang ganze Tage zur Verfügung. Ich mag das »trotz der Kinder« nicht. Das Leben ist, was man daraus macht, und man versucht eben so viel wie möglich zu verwirklichen. Ich hätte auf keins von beidem verzichten wollen, weder auf das Schreiben noch auf die Kinder. Aber vielleicht habe ich die Kinder trotz des Schreibens bekommen oder trotz der Kinder geschrieben oder mich trotz beider in die Politik gestürzt.

Frauen sind durch mangelnde Unterstützung bei der Kindererziehung und überhaupt gesellschaftliche Konventionen immer stark eingeschränkt gewesen. Glauben Sie, in den vergangenen Jahren lagen dadurch viele Talente brach?

Natürlich! Das ist ein ganz klarer Grund. Aber vor allem liegt es daran, welche Freiräume sich Frauen zugestehen und was sie mit ihrer freien Zeit anfangen. Auch angehende männliche Schriftsteller haben beispielsweise in Ziegeleien gearbeitet oder waren im Hauptberuf Ärzte. Auch sie hatten nur sehr wenig Zeit, aber es stand ihnen frei, etwaige Mußestunden zum Schreiben zu nutzen. Mein Vater etwa malte, aber meine Mutter nutzte ihre Freizeit, um etwas für meinen Vater zu tun. Jeder hätte es komisch gefunden, wenn eine Frau, die abends zwei Stunden zur Verfügung hatte, zum Arbeiten auf ihr eigenes Zimmer gegangen wäre. Es ist fast so, als wäre allein schon die Vorstellung, eigene Zeit zu eigener Arbeit zu nutzen, für eine Frau undenkbar gewesen. Schließlich ging diese Zeit der Familie verloren, wohingegen Zeit, die ein Mann für sich selbst nutzte, dem Wohl der Familie diente.

Man hat den Eindruck, all Ihre weiblichen Charaktere wissen, dass sie heiraten wollen, sogar die dreizehn- oder vierzehnjährige Hauptfigur in »Frauen, jung und alt«. Sie sucht sich den Mann und alles andere selbst aus. Die Frauen treten bei Ihnen oft ziemlich selbstsicher auf, während die Männer wesentlich unsicherer wirken. Oft folgen sie dem Beispiel der Frau; versuchen das zu tun, was sie will, oder klinken sich in manchen Situationen einfach aus. In Ihren Geschichten stehen die Frauen im Mittelpunkt; sie sind die Starken.

Ich glaube nicht, dass Letzeres für alle Geschichten gilt. In »Ein Interesse am Leben« versucht die weibliche Hauptfigur wirklich alles zu tun, was der Mann will. Aber sie ist trotzdem die Starke. Teils aus dem Grund habe ich mich besonders dafür interessiert, wie Frauen leben. *Die kleinen Widrigkeiten des Lebens*, mein erstes Buch, ist 1959 erschienen, und ich hatte davor nichts Vergleichbares gesehen. Als Autor schreibt man, was man selber lesen will, was eine komische Sache ist, und ich hätte es auch nicht zu weit treiben wollen. Aber ich schrieb über Dinge, über die ich bisher nichts gelesen hatte. Dazu gehörte das damalige Leben der Frauen meiner Umgebung, von denen viele allein waren, ohne Männer. Ich nicht, aber ich kannte sie sehr gut, auch ihre Kinder. Dass ich nicht früher geschrieben habe, hing vielleicht damit zusammen, dass ich genau darüber schreiben und genau darüber selbst etwas lesen wollte. Da ich in den fünfziger Jahren erwachsen geworden bin, nach dem Zweiten Weltkrieg, sah ich mich einer dominanten, stark männlich geprägten Literatur gegenüber, die für die Männer, die im Krieg gewesen waren, ganz selbstverständlich war. Frauen, oder mir zumindest, gab sie hingegen das Gefühl, dass das, worüber ich schreiben wollte, zu trivial war. Wer wäre ernsthaft an dieser Art von Küchenleben interessiert gewesen? Ich habe es wirklich erst gewagt, als sich dieser immense Druck in mir aufgebaut hatte und es mir egal war, ob sich jemand dafür interessieren würde oder nicht.

Sie sind also einem inneren Bedürfnis gefolgt und haben sich nicht bewusst vorgenommen, Schriftstellerin zu werden. Haben Sie einfach nur versucht zu sagen, was Sie zu sagen hatten?
Obwohl ich mich schon immer für Lyrik interessiert habe, hat mich der Literaturbetrieb abgeschreckt. Nicht in dem Sinne, dass ich dafür zu schüchtern war, obwohl das auch zutraf, sondern weil ich einfach nichts damit zu tun haben wollte. Ich wollte schreiben, aber auch weiterhin die Nachbarin von nebenan sein. Sie wissen schon, mich mit lokalen Problemen, Stadtteil- und Schulpolitik, beschäftigen.

Politisches Engagement ist Ihnen in der Tat sehr wichtig. Liegen Ihnen Frauenrechte besonders am Herzen?
Für mich hängen all diese Themenbereiche zusammen, und zwar ganz unmittelbar. Feminismus ist für mich sehr stark mit meinem Antimilitarismus verbunden. Beim Schreiben wiederum geht es mir meistens um Frauen – über sie denke ich am intensivsten nach. In gesellschaftspolitischen Fragen habe ich mich anfangs ausschließlich auf lokaler Ebene engagiert; das hatte

immer wirklich was mit meinem Leben zu tun, etwa mit der Schule, auf die meine Kinder gingen, der Straße, dem Park, der Stadt im Allgemeinen. Dann, zu Beginn der sechziger Jahre, verlagerte sich mein Engagement zunehmend auf den Protest gegen den Krieg. Das hat mich so vereinnahmt, dass ich viel weniger lokal aktiv war. Das vermisse ich sehr, denn das ist die Straße, das ist das Leben, da gehöre ich hin.

Sind Ihre Geschichten in diesem Sinne politische Geschichten? Unterscheiden Sie überhaupt zwischen politischer und unpolitischer Literatur?
Wahrscheinlich sind meine Erzählungen politisch, so wie jede gewählte Thematik oder Form etwas Politisches hat. Literatur ist immer politisch; wenn ein Schriftsteller sagt, ein Text sei nicht politisch, ist gerade das ein politisches Statement, denn er drückt damit seine Entfremdung aus. Ich würde sagen, dass mein Interesse am Alltagsleben gewöhnlicher Menschen immens politisch ist. Das ist das Politische, nichts anderes. Aber ich habe natürlich nicht gedacht, ach, ich schreibe mal eine politische Geschichte. Überhaupt nicht. Ich habe mir einfach vorgenommen, über diese bestimmte Frau und über diesen Mann und darüber, wie sie leben, zu schreiben.

Sie schreiben über Menschen, die zufällig Frauen und jüdischer oder italienischer oder irischer Herkunft sind, aber in erster Linie Menschen. Oder ist es für Sie kein Zufall, dass Ihre Figuren überwiegend Frauen sind?

Es war mir tatsächlich sehr wichtig, über individuelle Frauen zu schreiben. Schon bevor ich Geschichten über sie zu schreiben begann, bin ich – in verstärktem Maße dann, als die Kinder da waren – viel mit Frauen, Freundinnen und Bekannten, zusammen gewesen. Doch erst mit Ende zwanzig habe ich ein weibliches politisches Bewusstsein entwickelt. Erst da ist mir aufgefallen, dass mein eigenes Leben Gemeinsamkeiten mit einer bestimmten Klasse oder einer bestimmten Gruppe aufwies. Und dass mein Leben mit dem all dieser Frauen zu tun hatte, führte mich ja dann auch zum Erzählen dieser Geschichten – im Rückblick ist mir das ganz klar. Ohne die Bewusstwerdung zu diesem Zeitpunkt meines Lebens hätte ich sie nicht aufschreiben können, und dafür bin ich dankbar.

Und wie kommt da Ihr Sinn für Komik ins Spiel? Woher kommt Ihr Humor, und wie überträgt er sich auf Ihre Figuren und deren Ansichten?

Nun ja, entweder ist man witzig, oder man ist es nicht. *[Lacht.]* Eigentlich versucht man ja, sehr ernst zu schreiben; ich schreibe auch manchmal schrecklich ernsthafte Geschichten, aber dann merke ich, dass sie komische Stellen haben. Ich weiß nicht, was ich davon halten soll. *[Lacht.]* Mein Vater war sehr lustig, und meine Mutter hatte überhaupt keinen Sinn für Humor, was ihn erst recht angespornt hat. Wenn meine Mutter sagte: »Ich habe eben keinen Sinn für Humor«, mussten immer alle lachen.

In letzter Zeit haben Sie nicht nur in Ihre Kinder und die Kommunalpolitik viel Energie gesteckt, sondern auch in die Friedensbewegung. Leidet Ihr Schreiben darunter?

Das ist gut möglich. Ich habe mir nicht eigens gesagt, dass ich mich jetzt zwischen dem einen und dem anderen entscheiden muss. Ich bin dort aktiv gewesen, wo ich am meisten gebraucht wurde, in der Politik, dem Familienleben und dem Schreiben. Im Moment braucht mich die Familie sogar am wenigsten, wenn ich auch gern und oft meine Enkelkinder besuche. Zurzeit widme ich mich eher den anderen beiden Bereichen. Ich bewege mich wirklich immer, ohne mir darüber sonderlich Gedanken zu machen, mal mehr in die eine, mal mehr in die andere Richtung. Wir haben etwas organisiert, das sich Women's Pentagon Action nennt und sehr viel Zeit in Anspruch genommen hat, aber das fand ich auch wichtig. Im Grunde ist das Leben ein Kreis, und alles, was man tut, spielt sich darin ab. Deswegen habe ich bisher vielleicht ein Buch weniger geschrieben, als ich gewollt hätte, aber dann muss ich eben in Zukunft noch eins schreiben.

Erstaunlich, nicht sehr viele Schriftsteller sehen das Schreiben einfach als Teil ihres Lebens an, der offenbar jederzeit in den Hintergrund treten kann.
Na ja, nur ein Teil ist zu wenig gesagt, es bedeutet mir schon erheblich mehr. Ich habe gesagt, dass es mich heftig in verschiedene Richtungen zieht, aber immerhin hatte ich auch mit meinem Schreiben Erfolg. Wäre ich eine Frau, die noch darum kämpft, veröffentlicht zu werden, würde ich das wohl anders sehen. Ich gebe zu, dass ich großes Glück hatte, Bücher veröffentlichen zu können, in denen ich das über das Leben gesagt habe, was mir wichtig war.

Wer waren beim Schreiben Ihre Vorbilder – Lehrer und Schriftsteller, von denen Sie gelernt haben?
Das ist eine schwierige Frage und eigentlich ein weites Feld, weil ich als Kind eine Leseratte war. Mich hat einfach alles beeinflusst. Ich glaube, das Formale verdanke ich der Literatur, aber die Sprache und meine Stoffe habe ich aus meiner Umgebung, vom Park, von der Straße und meiner Familie. Das ist ein Einfluss, der nie genug anerkannt wird. Und falls irgendwelche russischen Schriftsteller einen Einfluss auf mich hatten, dann, weil sie dieselben Großeltern hatten wie ich. So sehe ich das. *[Lacht.]*

*Bauen Sie reale Menschen so in Ihre Geschichten ein,
dass man sie wiedererkennt?*
Manchmal, aber eigentlich bin ich darin nicht sehr gut,
Gott sei Dank. *[Lacht.]* Hin und wieder kommt es aber
vor. Bei meinem Vater zum Beispiel.

Und bei Ihnen selbst?
Ich bin nicht identisch mit Faith, aber ich stehe ihr nahe.
Sie lebt auch hier in der Nähe. Sie ähnelt meistens mei-
nen Freundinnen mehr als mir selbst.

Leben und Werk

1922   Geboren am 11. Dezember in der Bronx als drittes und letztes Kind von Manya Ridnyik und Isaac Goodside, die 1906 aus der Ukraine in die USA einwanderten.

1938   Bricht die Highschool ab und schreibt sich am Hunter College ein, wird aber wegen häufiger Fehlzeiten exmatrikuliert; besucht außerdem zeitweise das City College, die New York University sowie die Merchants and Bankers Business and Secretarial School.

um 1940   Nimmt an einem Kurs von W. H. Auden an der New School for Social Research in Manhattan teil. Er liest ihre Gedichte und ermutigt sie dazu, ihre eigene Stimme in der Alltagssprache, die sie hört und spricht, zu finden; Veröffentlichung mehrerer Gedichte in der College-Zeitung.

1942   Am 20. Juni Heirat mit Jess Paley, einem Fotografen und Filmemacher, dem sie in etliche Armeestützpunkte in der Nähe von Chicago und Miami Beach folgt; zeitgleich Veröffentlichung einiger ihrer Gedichte in der Zeitschrift *Experiment*; nach Kriegsende Rückkehr ins Greenwich Village.

1944 Tod der Mutter.

1949 Im September Geburt der Tochter Nora.

1951 Im Mai Geburt des Sohnes Danny.

1956 Veröffentlichung ihrer ersten Erzählung »Goodbye and Good Luck« (»Auf Wiedersehen und viel Glück«), in *Accent: A Quarterly*.

1958 Veröffentlichung von »The Contest« (»Das Preisausschreiben«) in *Accent*.

1959 Veröffentlichung ihres ersten Erzählbandes *The Little Disturbances of Man* (*Die kleinen Widrigkeiten des Lebens*) bei Doubleday.

1960 Gründung des Greenwich Village Peace Center mit Nachbarn, Mitgliedern der Eltern-Lehrer-Gruppe der Bezirksschule Nr. 41. Die Gruppe protestiert gegen Zivilschutzübungen, Atombombentests, das New Yorker Luftschutzbunker-Programm und die amerikanische Politik in Vietnam.

1965 Beginn ihrer Lehrtätigkeit im Rahmen der General Studies an der Columbia University.

1966 Beginn ihrer Lehrtätigkeit am Sarah-Lawrence-College in Bronxville, New York; unterrichtet Kreatives Schreiben, meist in Teilzeit, etliche Jahre aber auch in Vollzeit, um mehr Geld zu verdienen. Diese Tätigkeit wurde ihr aufgrund einer Empfehlung von Dozenten angeboten, mit denen sie im Jahr 1965 an Lehrer- und Autorenkonferenzen teilgenommen hatte. Verhaftung am Armed Forces Day wegen ihrer Teilnahme an einer Sitzblockade auf der Fifth Avenue gegen die Stationierung von Pershing-Raketen und Marschflugkörpern in der BRD.

1967   Trennung von Jeff Paley und Auszug aus der Wohnung in der 11th Street.

1968   Informationsreise mit anderen Autoren, Geistlichen, Juristen und Professoren, allesamt Vietnamkriegsgegnern, nach Frankreich und Schweden zu einem Treffen mit Kriegsdienstverweigerern.

1969   Reise mit einer kleinen Gruppe von Friedensaktivisten nach Vietnam, um dort drei Kriegsgefangene in Empfang zu nehmen und nach Hause zu begleiten; eine ihrer Erzählungen wird für die renommierten *Prize Stories of 1969: O. Henry Award* ausgewählt.

1970   Preis des National Institute for Arts and Letters für ihre Kurzgeschichten.

1972   Scheidung von Jeff Paley; Heirat mit Bob Nichols am 26. November in der Judson-Kirche im Greenwich Village, wo er Stücke für das dortige Poets' Theater schreibt.

1973	Tod des Vaters; im Oktober Teilnahme am Weltfriedenskongress in Moskau als Mitglied der War Resisters League (Vereinigung der Kriegsgegner).
1974	Im Frühjahr dreiwöchige, vom väterlichen Erbe finanzierte Reise nach China mit Bob Nichols und einer vom *Guardian* gesponserten Gruppe; Veröffentlichung ihres zweiten Erzählbandes *Enormous Changes at the Last Minute (Ungeheure Veränderungen in letzter Minute)* bei Doubleday Dell.
1975	Schreibt regelmäßig eine Kolumne mit dem Titel »Conversations« für *Sevendays*; Reise nach Paris zum Treffen mit vietnamesischen Abgesandten bei den internationalen Friedensverhandlungen als Vertreterin der War Resisters League.
1978	Verhaftung mit den »White House Eleven« wegen Anbringung eines Anti-Atom-Banners auf dem Rasen des Weißen Hauses, ihr werden ein Bußgeld von 100 Dollar sowie eine sechsmonatige Bewährungsstrafe auferlegt.
1980	Aufnahme in die American Academy of Arts and Letters.
1982	Die Maiausgabe der Literaturzeitschrift *Delta* ist Grace Paley gewidmet.
1983	Verfilmung von drei Erzählungen in der Adaption von John Sayles unter dem Titel

Enormous Changes at the Last Minute; Beginn ihrer Lehrtätigkeit am City College New York.

1985 Veröffentlichung ihrer ersten Gedichtsammlung *Leaning Forward* bei Granite Press; Veröffentlichung ihres dritten Erzählbandes *Later the Same Day (Am selben Tag, später)* bei Farrar, Straus & Giroux; Reisen nach El Salvador und Nicaragua mit einer Gruppe von MADRE, einem Bündnis von Frauen aus Nord- und Zentralamerika, die gegen die amerikanische Südamerikapolitik protestieren.

1986 Auszeichnung mit dem (mit 1.000 Dollar dotierten) PEN/Faulkner-Preis für Belletristik für *Later the Same Day (Am selben Tag, später)*.

1986 Auszeichnung mit dem Edith Wharton Award am 10. Dezember durch das New York State Writers Institute, das sie zum ersten *Author in Residence* des Staates New York macht. Diese Position ist mit einem hoch dotierten Zweijahresstipendium verbunden.

1987 Auszeichnung mit dem renommierten Senior Fellowship des Literaturprogramms des National Endowment for the Arts, vergeben zur »Unterstützung und Förderung von

Autoren, die durch ihr künstlerisches Lebenswerk einen wesentlichen Beitrag zur
amerikanischen Literatur geleistet haben«.
Diese Auszeichnung ist mit 40.000 Dollar
dotiert. Anschließend erstmaliger Besuch in
Israel als Delegierte einer internationalen
Konferenz von Autorinnen; sie wird Mitbe-
gründerin des Jewish Women's Committee
to End the Occupation of the Left Bank and
Gaza; die War Resisters League ehrt sie
im Dezember zu ihrem 65. Geburtstag mit
einem feierlichen Bankett.

1988   Emeritierung vom Sarah-Lawrence-College.

1989   Veröffentlichung von *365 Reasons Not to
Have Another War*, eines Friedenskalenders
der War Resisters League.

1991   *Long Walks and Intimate Talks*, eine Essay-
und Gedichtsammlung mit Illustrationen
von Vera Williams, erscheint bei der Femi-
nist Press.

1992   Veröffentlichung von *New and Collected
Poems*, ihrer zweiten Gedichtsammlung bei
Tilbury House; Auszeichnung mit dem mit
25.000 Dollar dotierten Rea Award for the
Short Story.

1994   Veröffentlichung von *The Collected Stories*,
den 45 Erzählungen ihrer bisherigen drei
Erzählbände, bei Farrar, Straus & Giroux.

1996 Lesung im Rahmen der Arts and Letters Live Series im Dallas Museum of Art.

2007 Stirbt am 22. August in Vermont, wo sie zuletzt mit ihrem Mann Bob Nichols lebte.

Glossar

»Auf Wiedersehen und viel Glück«

die steht auf einem Bein
Diese Redewendung geht zurück auf Hillel den Älteren. Ihn fragte ein Nichtjude, also ein Römer, ob er die zahlreichen Gebote der Thora in einer einzigen Goldenen Regel zusammenfassen könne: »Wenn du mir die Lehre des Judentums vermitteln kannst, solange ich auf einem Bein stehe, werde ich konvertieren.« Rabbi Hillel antwortete mit dem Gebot der Nächstenliebe: »Was du nicht willst, das man dir tu, das füg auch keinem andern zu. Das ist die ganze Thora, alles andere ist Kommentar …« *Babylonischer Talmud*: Shabbat 31a, 12–15.

Russische Künstlerbühne in der Second Avenue
Dieses Theater ist vermutlich fiktiv, aber es gab tatsächlich zahlreiche jiddische Theater in der Second Avenue; die Gegend hieß deshalb sogar Jiddischer Broadway. Seit der Wende zum 20. Jahrhundert prägten zahlreiche Künstler aus Russland die Theaterszene der Lower Eastside New Yorks.

Valentino
Rudolph Valentino (1895–1926) war ein italienisch-amerikanischer Schauspieler und Frauenschwarm. Mit dem Film *Der Scheich* erlangte er 1921 Weltruhm und gehörte zu den großen Stars der Stummfilmzeit.

Anton Pawlowitsch Tschechow: Die Möwe (Uraufführung 1896 in Petersburg)
Vlashkin spielt den erfolgreichen Schriftsteller Trigorin, der die junge Nina verführt und später fallen lässt. Sein Gegenspieler, den Rosie erwähnt, ist der erfolglose junge Autor Treplew, der unglücklich in Nina verliebt ist und sich das Leben nimmt, als sie trotz des Scheiterns ihrer Beziehung mit Trigorin nicht zu ihm zurückkehrt.

Kaufmann von Istanbul
Vermutlich ein fiktives Theaterstück.

dessen Geist Gott verschluckt hatte
Vermutlich eine Anspielung auf den Dibbuk, dem jüdischen Volksglauben und der Kabbala nach ein oft böser Totengeist, der in den Körper eines Menschen eintritt und ihn körperlich oder seelisch krank macht.

Battle Creek, Michigan
Hier stand das Sanatorium des amerikanischen Arztes John Harvey Kellog (1852–1943), der sich für eine ge-

sunde Lebensweise und vegetarische Ernährung einsetzte. Zusammen mit seinem Bruder Will Keith Kellog erfand er die Cornflakes und die Erdnussbutter; John entzweite sich mit seinem Bruder, als dieser begann, den Cornflakes Zucker zuzusetzen, und damit kommerziellen Erfolg hatte. In seinem Sanatorium in Battle Creek behandelte John Kellog Patienten mit Übergewicht, denen er ganzheitliche Gesundheitskuren und sexuelle Enthaltsamkeit verordnete.

»Selbstliebe, Herr, ist nicht so schnöde Sünde als Selbstversäumnis.«
William Shakespeare: *König Heinrich V.*, II. Akt, 4. Szene, in der Übersetzung von August Wilhelm Schlegel.

Der Schwiegervater
Vermutlich ein fiktives Theaterstück.

»Frauen, jung und alt«

Wassermann-Test
Benannt nach dem deutsch-jüdischen Immunologen und Bakteriologen August Paul von Wassermann (1866–1925), war dies der erste Test, mit dem Syphilis diagnostiziert werden konnte.

»Der zartrosa Braten«

»What is this thing called love«
Ein populärer, schwierig zu singender Jazzsong des amerikanischen Musikers und berühmten Musical-Komponisten Cole Porter (1891–1964) aus dem Broadway-Musical *Wake Up and Dream* von 1929.

»Die lauteste Stimme«

Dann küsste ich meinen kleinen Finger und schaute zu Gott.
Wenn die Thora beim Gottesdienst in der Synagoge hochgehalten wird, küssen die Gläubigen den kleinen Finger und halten ihn in ihre Richtung hoch; es soll Glück bringen.

Chanukka
Acht Tage dauerndes jüdisches Lichterfest zum Gedenken an die Wiedereinweihung des zweiten Tempels in Jerusalem im Jahr 164 v. Chr. Es beginnt jeweils am 25. Tag des Monats Kislew (November/Dezember) und findet damit häufig zur gleichen Zeit wie Weihnachten statt.

sich den Kopf mit einem gebrauchten Rasiermesser zu scheren

Unter orthodoxen Juden war und ist es Brauch, dass verheirateten Frauen ab ihrer Hochzeit das Haupthaar rasiert wird, Frauenhaar gilt als aufreizend. Die Tradition, das Kopfhaar komplett abzurasieren und mit einer Perücke, dem sogenannten Schejtel, zu bedecken, stammt aus Osteuropa. Ein Messer durfte zum Rasieren nach dem jüdischen Gesetz jedoch nicht verwendet werden, nur eine Schere war erlaubt.

Hals- und Beinbruch

Dieser Segenswunsch ist im Deutschen eine Verballhornung des hebräischen Glückwunschs »Hatzlacha u wracha« und bedeutet »Erfolg und Segen«.

ein Fremdling in Ägypten

Dies bezieht sich auf die Gefangenschaft des Volkes Israel in Ägypten (Zweites Buch Mose). Jeden Sabbat sowie zu Pessach wird die Befreiung der Juden gefeiert. Die Erinnerung an das eigene Leid in der Fremde hält im Judentum Verständnis für und Aufgeschlossenheit gegenüber Fremden lebendig.

Gebetsschal

Der Gebetsschal (hebr. Tallit) erinnert mit den Zizijot, zu deutsch Schaufäden, an die Gebote, die ein frommer Jude zu erfüllen hat; er wird vorwiegend von Männern ab der Bar Mitzwa beim Morgengebet und in der Synagoge getragen, hier auch als Anspielung darauf und Erinnerung daran, dass Jesus Jude war.

Höre, Israel

Das »Höre, Israel« (hebr. »Schma Jisrael«) und die folgenden Thoraverse sind zentrale Bestandteile des täglichen Morgen- und Abendgebets, das den Monotheismus des Judentums und das zentrale Gebot der Nächstenliebe bekräftigt. Beim Beten des »Schma Jisrael« hält man sich zur besseren Konzentration auf Gott die Hand vor die Augen.

»Das Preisausschreiben«

Cooper Union

The Cooper Union for the Advancement of Science and Art wurde von dem Industriellen und Erfinder Peter Cooper gegründet und ist ein privat betriebenes College in Lower Manhattan, New York City. Die Cooper Union befindet sich im East Village zwischen Cooper Square und Astor Place (Ecke 3rd Avenue und 6th Street/9th Street). Sie ist eine der wenigen höheren Bildungsanstalten in den USA, die allen Studierenden ein gebührenfreies Studium gewährt.

Washington Irving Highschool

Die Schule befand sich ursprünglich auf der Lafayette Street im südlichen Manhattan und war, als Zweigstelle der Wadleigh Highschool, unter dem Namen Girls' Technical High School die erste Mädchenschule in New York. 1913 wurde sie nach dem Schriftsteller Washington Irving, der sich mit der Geschichte und Gesellschaft New Yorks befasste, umbenannt und bezog ein größeres Gebäude am Irving Place. Neben Darstellungen aus der Stadtgeschichte befanden sich in der Eingangshalle des Gebäudes auch Skulpturen bedeutender Frauen.

Art News

Die englischsprachige, internationale Fachzeitschrift für Kunst aus New York wurde 1902 gegründet und ist eine der ältesten und meistgelesenen Kunstzeitschriften der Welt.

Craggy-moor Country Club

Vermutlich fiktiv. Der Name bedeutet »Felsiges Ödland« und spielt vermutlich darauf an, dass Juden in amerikanischen Country Clubs häufig unerwünscht waren.

Morgenlicht

Vermutlich fiktive jiddische Zeitung. Die bedeutendste jiddischsprachige Zeitung New Yorks war der *Jewish Daily Forward* (jidd. *Forverts*), die erstmals 1897 erschien und sozialistisch geprägt war; einer ihrer Vorgänger war *Dos Abend Blatt* (*Das Abendblatt*).

Bernard Baruch

Bernard Baruch (1870–1965) war ein amerikanischer Finanzier und unabhängiger Börsenspekulant; er galt als König der Wall Street. Nachdem er schon als Berater des US-Präsidenten Woodrow Wilson an dessen Reformen mitgewirkt hatte, beriet er Winston Churchill während des Zweiten Weltkriegs und prägte nach dessen Ende die Formel vom »Kalten Krieg« als Bezeichnung der Konfrontation zwischen den USA und der Sowjetunion.

Präsident Franklin D. Roosevelts Angebot, ihn zum Finanzminister zu ernennen, schlug Baruch aus, um stattdessen weiterhin als inoffizieller Berater zu fungieren. Aufgrund seiner freischwebenden, durch keine Ämter oder Institutionen kontrollierten Position in der amerikanischen Politik sprachen Kritiker wie Bewunderer spöttisch davon, dass Baruchs Büro sich auf der Sitzbank im Lafayette Park gegenüber dem Weißen Haus befinde (die ihm 1960 anlässlich seines 90. Geburtstages gewidmet wurde). Das Bild von Baruch, der auf einer Parkbank sitzt und im lockeren Gespräch mit Entscheidungsträgern große Politik mitgestaltet, ist bis heute im amerikanischen Kollektivgedächtnis lebendig.

Chaim Pazzi
Ein Brückenbauer dieses Namens konnte nicht eruiert werden.

Lord and Taylor
Gegründet 1826, handelt es sich um die älteste Kaufhauskette der USA. Lord and Taylor war berühmt für seine Weihnachtsdekoration und dafür, dass dort jeden Tag zum Arbeitsbeginn die amerikanische Nationalhymne gespielt wurde.

»Ein Interesse am Leben«

Let yourself go …
Song von Irving Berlin, der ihn für Ginger Rogers in dem Film *Follow the Fleet* von 1936 schrieb.

You gotta give a little, live a little …
Den Bebop-Song »Give a Little, Get a Little«, von Betty Comden, Adolph Green und Jule Styne, sang Ella Fitzgerald auf ihrem Album *1951–1952 Decca Recordings*.

Strike It Rich
Eine umstrittene Quizsendung, die von 1947 bis 1950 im Radio auf CBS lief, von da an bis Ende 1957 im Fern-

sehen auf NBC. Darin traten bedürftige, notleidende Menschen auf, die ihre traurige Geschichte erzählten und durch die Beantwortung relativ einfacher Fragen Geld zu gewinnen versuchten. Wenn der Kandidat verlor, konnten ihm die Zuschauer per Telefon Geld spenden.

»Unwiderruflich im inneren Kreis«

Ladies Home Journal
Eine amerikanische Zeitschrift, die von der Meredith Corporation publiziert wird. Sie erscheint seit 1883 und wurde im 20. Jahrhundert eine der auflagenstärksten Frauenzeitschriften der USA. Seit 1946 steht das *Ladies Home Journal* bis heute unter dem Motto »Never underestimate the power of a woman«. Eine der beliebtesten Kolumnen bietet unter der Überschrift »Kann diese Ehe gerettet werden?« Eheberatung an.

Nehru
Jawaharlal Nehru (1889–1964) war ein indischer Politiker und von 1947 bis 1964 erster Ministerpräsident Indiens. Er wurde wegen seiner Rolle im Kampf um die Unabhängigkeit des Landes von der britischen Kolonialmacht mehrfach verhaftet und zu Gefängnisstrafen verurteilt.

»Zwei kurze, traurige Geschichten aus einem langen
und glücklichen Leben«
»1. Gebrauchte-Jungs-Erzieher«

Dieser Newman!
John Henry Kardinal Newman (1801–1890) war Pfarrer an der Universitätskirche in Oxford und Dozent der Theologie in der Kirche von England. Er trat zur römisch-katholischen Kirche über und übte mit seinen Schriften großen Einfluss auf das geistige Leben Englands und Europas im 19. und 20. Jahrhundert aus.

Kaddisch
Eines der wichtigsten jüdischen Gebete. Es ist eine Lobpreisung Gottes und wird außerdem zum Totengedenken und am Grab selbst gesprochen. Im Anschluss an einen Todesfall in der engeren Familie wird es vom (nächsten männlichen) Angehörigen elf Monate lang täglich wiederholt. Ein Jahr nach der Beerdigung eines Elternteils (und danach immer am Todestag) wird es noch einmal gesagt.

»2. Das Eigentliche der Kindheit«

ein faules Kamel, das immer nur Höm-pff macht
Anspielung auf die Geschichte »Wie das Kamel seinen
Höcker kriegte« des berühmten *Dschungelbuch*-Autors
Rudyard Kipling, der in seinen *Genau-so-Geschichten*
(1902) fantasievolle Antworten auf Kinderfragen nach
dem Grund für bestimmte Tiercharakteristika gab.

Akkumulator
Geräte wie der Orgon-Akkumulator oder der Orgon-
Kegel wurden von den Anhängern des Psychiaters und
Esoterikers Wilhelm Reich (1897–1957) eingesetzt, um
störende Energien zu vertreiben und das sexuelle
Gleichgewicht wiederherzustellen. Wilhelm Reich, 1897
in Österreich-Ungarn in eine jüdische Familie geboren,
lernte Sigmund Freud kennen, mit dem er sich später
überwarf. In Berlin schrieb er 1933 sein bedeutendstes
Werk *Die Massenpsychologie des Faschismus*; als jüdischer Kommunist floh er nach England und übersie-
delte anschließend nach New York. Durch seine Theo-
rien zu einer sexuell befreiten Erziehung wurde er zum
Idol der Studentenbewegung, später tendierte er ver-
mehrt zur Esoterik und glitt in eine Psychose ab.

»In einer Zeit, die uns alle zum Affen machte«

Utrillo
Maurice Utrillo (1883–1955) war ein französischer Maler und bekannt für seine Gemälde von Straßenszenen.

»My Country, 'Tis of Thee«
Berühmtes patriotisches Lied, hatte vor dem »Star Spangled Banner« den Status einer inoffiziellen amerikanischen Nationalhymne.

Institute for Advanced Study in Princeton
Das Institute for Advanced Study, 1930 mit Hilfe einer Spende von Louis Bamberger und seiner Zwillingsschwester Caroline Bamberger Fuld gegründet und der naturwissenschaftlichen Grundlagenforschung gewidmet, ist ein privates Forschungsinstitut in Princeton, New Jersey. Es gehört nicht zum Universitätssystem, auch wenn die räumliche Nähe zur Princeton University zu engen informellen Verbindungen und Kooperationen führt. Bekannt ist es insbesondere als letzte Wirkungsstätte Albert Einsteins. Von 1947 bis 1966 wurde es von J. Robert Oppenheimer geleitet.

Vassar College
1861 als Frauencollege im Hudson Valley nördlich von New York City gegründet, war es ein weibliches Pendant zu den sogenannten (männlichen) Ivy League oder

Elite-Universitäten. Ab 1969 nahm es Studenten beider Geschlechter auf.

Selleriesprudel
Dr. Brown's Celery Tonic wurde erstmals 1868 in Brooklyn, New York, hergestellt. Um 1900 wurde der Name zu Dr. Brown's Cel-Ray (Limonade) geändert. Aufgrund seiner enormen Beliebtheit bei der jüdischen Bevölkerung New Yorks in den 1930er Jahren erhielt es den Spitznamen »jüdischer Champagner«. Die koscheren Dr. Brown's Sprudelgetränke gibt es bis heute.

Rorschachtest
Der von dem Schweizer Hermann Rorschach entwickelte und nach ihm benannte psychologische Test fand seit den 1930er und 1940er Jahren in Europa und den Vereinigten Staaten breite Verwendung. Zwecks Persönlichkeitsanalyse musste der Proband verschiedenste Tintenklecksmuster interpretieren. Die Methode ist mittlerweile umstritten und wird kaum noch angewandt.

Pudel bei Speyer
Ellin Prince Speyer (1849–1921) war eine New Yorker Philanthropin. 1906 gründete sie die Women's Auxiliary to the American Society for the Prevention of Cruelty to Animals. 1910 errichtete die Women's Auxiliary eine kostenlose Tierklinik in der Lower East Side im

Herzen der armen Einwandererbezirke, die 1914 größere, dauerhaftere Räumlichkeiten im selben Viertel bezog. 1959 wurde die Tierklinik in Animal Medical Center umbenannt und nach Prince Speyers Tod schließlich nach der Gründerin benannt.

Rockettes
Berühmte Revuetänzerinnen, die seit der Eröffnung der Radio City Music Hall 1932 in New York dort beheimatet sind. Ursprünglich aus Missouri, wurden die Tänzerinnen, deren Kennzeichen der synchrone Präzisionstanz und die hohen Beinwürfe waren, von Samuel Roxy Rothafel nach New York gebracht und dort zu einer Institution.

»Die schwebende Wahrheit«

Edsel
Sprechender Name, der zurückgeht auf ein Ford-Modell von 1958 bis 1960, das gegen den Willen der Autobauerfamilie den Namen des Sohnes des Ford-Gründers Henry Ford erhielt und trotz gigantischen Werbeaufwands in großem Stil floppte: Es hieß »das falsche Auto zur falschen Zeit«, weil es angesichts der beginnenden Wirtschaftskrise zu teuer war. Zudem erntete es viel Spott für seinen Kühlergrill in Form eines Toilettensitzes.

Und du bist drin wie Errol Flynn
Der in Australien geborene amerikanische Mantel-und-
Degen-Filmschauspieler Errol Flynn (1909–1959) war
mit seinen sexuellen Eskapaden sprichwörtlich geworden.

der vielgeschmähte Acheson
Dean Acheson (1893–1971) war ein US-amerikanischer
Politiker, von 1949 bis 1953 Außenminister der Vereinigten Staaten und liberaler Gegenspieler des erzkon-
servativen Kommunistenjägers Joseph McCarthy. Wegen einer Schmutzkampagne der Republikaner gegen
den demokratischen Präsidentschaftskandidaten Adlai
Stevenson zog sich Acheson 1952 aus der Politik zurück.

Die Texte erschienen unter dem Originaltitel »The Little Disturbances of Man« 1959 in »The Collected Stories« bei Farrar, Straus & Giroux, New York.

Die Arbeit am vorliegenden Text wurde vom Deutschen Übersetzerfonds gefördert.

Die Übersetzerin dankt Mark Baker für unermüdliche tatkräftige Hilfe, der Verlag dankt Nurith Schönfeld und Eldad Stobetzki für ihre Beratung bei der Erstellung des Glossars.

Verlagsgruppe Random House FSC® N001967

1. Auflage
Genehmigte Taschenbuchausgabe Mai 2018
by btb Verlag in der Verlagsgruppe Random House GmbH,
Neumarkter Str. 28, 81673 München
Copyright der Originalausgabe © 1994 by Grace Paley
Copyright der deutschen Ausgabe in Neuübersetzung © 2013 by
Schöffling & Co. Verlagsbuchhandlung GmbH, Frankfurt am Main
Covergestaltung: semper smile, München
nach einem Entwurf von Schöffling & Co unter Verwendung des
Gemäldes Unerwartet (2012) von © Christian Brandl / Galerie
Kleindienst, Leipzig, VG Bildkunst Bonn 2017
Druck und Einband: GGP Media GmbH, Pößneck
mr · Herstellung: sc
Printed in Germany
ISBN 978-3-442-71634-0

www.btb-verlag.de
www.facebook.com/btbverlag

Mary McCarthy

Die Clique

Mit einem Vorwort von Candace Bushnell

528 Seiten, btb 71489
Aus dem Amerikanischen von Ursula von Zedlitz

»Pikant, witzig, schockierend und fulminant erzählt.«
Cosmopolitan

Eine Zeitreise ins Manhattan der schillernden 30er Jahre:
Die Clique – acht bestens ausgebildete junge Frauen, die
sich nach Abschluss ihres Studiums am vornehmen Vassar-
College hoffnungsfroh ins Leben stürzen, um ihre Träume zu
verwirklichen. Begabt, leidenschaftlich und lebenshungrig
sind sie alle, doch ihre Lebenswege sind ganz unterschiedlich.
Auf der Suche nach sich selbst, nach Abenteuer, Sex und der
großen Liebe durchleben Lakey, Libby, Kay & Co Krisen und
Konflikte, üben den Spagat zwischen Kindern und Karriere
und kämpfen um Freiheit und Eigenständigkeit. Was aus
ihnen und ihren Träumen wird, erzählt Mary McCarthy
meisterhaft – authentisch, bewegend und blitzgescheit.

»Es ist sehr amüsant, sehr bissig, es ist spöttisch,
es ist wunderbar.«
Gabriele von Arnim, DeutschlandRadio Kultur

btb